www.tredition.de

Karla Letterman

letztlich tödlich

Kurzkrimis und Mini-Thriller

www.tredition.de

© 2021 Karla Letterman
Umschlag, Fotografie: Thomas Schmitt-Schech

Verlag und Druck:
tredition GmbH, Halenreie 40-44, 22359 Hamburg

ISBN
Paperback: 978-3-347-04793-8
Hardcover: 978-3-347-04794-5
e-Book: 978-3-347-04795-2

Das Werk, einschließlich seiner Teile, ist urheberrechtlich geschützt. Jede Verwertung ist ohne Zustimmung des Verlages und der Autorin unzulässig. Dies gilt insbesondere für die elektronische oder sonstige Vervielfältigung, Übersetzung, Verbreitung und öffentliche Zugänglichmachung.

Die Geschichten in diesem Buch sind frei erfunden. Etwaige Ähnlichkeiten mit lebenden oder toten Personen wären rein zufällig und unbeabsichtigt.

Inhaltsverzeichnis

Vorwort .... S. 7

Rose, Tulpe, Eisenhut – Von Pflanzenkundlerinnen und Blumenhassern
Traumstoff .... S. 13
Botaniklektion .... S. 17
Blütenträume .... S. 21

Mannsbilder, mit und ohne Krawatte
Krasse Krawatte .... S. 27
Heldenbild .... S. 33
Verlorener Posten .... S. 41
Digitales .... S. 53
Die zehnte Besichtigung .... S. 57
Pack aus .... S. 65

Eigen-artig – Symbolik und Hintergründiges
Rot wie Blut .... S. 79
Lichtschmelze .... S. 83
Der Mann mit der Wolfsangel .... S. 91

Anja, Manja, Tanja – Frauen und ihr Überraschungsmoment
Eineiig .... S. 105
Wetter stricken .... S. 107
Die schwarze Dame von Dahme .... S. 117
Untiefen .... S. 129
Dicker Fisch im Netz .... S. 133

Fluch der Familie
Pferde, die durchgehen .... S. 143
Sylvie lacht nicht .... S. 147
Die Nacht des Heiligen Jürgen .... S. 151

Abbildungsverzeichnis .... S. 173
Autorin & Fotograf .... S. 175

Vorwort

Liebe Krimifreundin, lieber Thriller-Fan,

bevor Sie so zufällig in dieses Buch stolpern wie mein armer *Dragunsky* in ein unheimliches Haus im Wald, fragen Sie sich lieber (was auch die tüchtige *Maklerin* vor dem zehnten Besichtigungstermin hätte tun sollen):
Bin ich hier richtig?
Es gibt Menschen, die sich in Anwesenheit von Leichen wohlfühlen. *Der angesehene A.* zählt dazu; mehr sei an dieser Stelle noch nicht verraten. Sollten Sie allerdings zu denen gehören, die Schilderungen von Grausamkeit genießen, weist Ihnen eine *resolute junge Dame* mit sorgfältig lackierten Fingernägeln umstandslos den Weg hinaus. Denn dann haben sie hier ebenso wenig verloren wie der *Mann mit der Wolfsangel* in *Schneeflittchens* Stammcafé.

Habe ich Sie jedoch mit der bisherigen Erwähnung einiger Charaktere, denen Sie in meinen Geschichten begegnen werden, neugierig gemacht, dann … ja, wie würde der kultivierte *Oliver* sagen: Dann bleiben Sie gern und verbringen einige spannende Stunden mit uns!
Ob Sie hinterher Sympathien für *Viktoria* hegen, deren Welt nach ihrem Gefühlsausbruch nicht mehr dieselbe ist, oder ob Sie am liebsten zusammen mit *Matzes* Trollen Licht schöpfen wollen, bleibt selbstverständlich Ihnen überlassen.
Möglicherweise werden Sie sich nicht mehr trauen, den Lieferdienst zu bestellen. Möglicherweise werden die Krawattenträger unter Ihnen den unstillbaren Drang verspüren, ihren Schrank auszumisten. Möglicherweise verzweifeln Sie beim Versuch, das Strickmuster der betagten *Arabella* nachzuarbeiten. Für all das übernehme ich ausdrücklich keine Verantwortung!
Eines jedoch garantiere ich Ihnen: Sie werden nicht *Timons* Traumpaste kaufen müssen, um der Langeweile zu entfliehen. Im Zweifelsfall steigen Sie einfach in einen Fiat 500, kurbeln das Schiebedach auf und folgen *Karlas und Irenes* Spur bis zu einem ganz gewöhnlichen Urlaubsort an der Ostsee.

Nur beschweren Sie sich bitte nicht, wenn Sie dort auf suspekte Gestalten treffen. Denn wenn Sie bis dahin gekommen sind, dann ... tja, dann haben Sie es nicht anders gewollt!

Zusammen mit *Anja, Manja, Tanja* und dem Rest der mörderischen Meute grüßt Sie

Ihre
Karla Letterman

Rose, Tulpe, Eisenhut

Von Pflanzenkundlerinnen und Blumenhassern

Während Timon im stillen Kämmerlein mit seinem **Traumstoff** beschäftigt ist, läuft Rona draußen über Stock und Stein. Sie kennt sich besser mit Pflanzen aus, als manchem lieb sein kann, und erteilt einem aufdringlichen Bekannten nur zu gern die ultimative **Botaniklektion**.

Nadine hängt ihren **Blütenträumen** nach und übersieht dabei geflissentlich, dass das auch Jonas' Sehnsüchte waren. Bis der ihr das unmissverständlich klarmacht ...

Traumstoff

Timon fuhr sacht mit dem Holzlöffel durch die große Röstpfanne. Die Kreuzkümmelsamen begannen diesen würzigen, exotischen Duft zu verbreiten, den er so liebte. Ein paar Minuten mussten sie noch vor sich hin darren, und er konnte ihrem Knistern lauschen. Die anderen Zutaten, Kurkuma, Koriander, Senf, Bockshornklee, Ingwer, Kardamom, Pfeffer und Zimt, hatte er schon bereitgestellt. Ach ja – er wollte diesmal mit Piment experimentieren. Er erwartete, dass das scharfe Nelkenaroma, dezent eingesetzt, seine Currymischung perfekt abrunden würde.

Für eine wertvolle halbe Stunde hatte er seine Verbitterung vergessen, war ganz der begeisterte Kräuterkundler.

Als der Kreuzkümmel abgekühlt war und er sich ans Mörsern der Körner und Samen machte, musste er wieder an Helmut Schlemilch denken, den satten Fernsehkoch, der sein sowieso schon stattliches Vermögen mit seiner, Timons, Hilfe weiter mehrte. Erst vorige Woche war der hier ungebeten hereinstolziert, mit einer staunenden Assistentin im Schlepptau, hatte über Chili-Sorten doziert und sich dann eine andere Art der Verpackung auserbeten. »Unsere neuen Etiketten verwenden veganen Klebstoff, der hält auf diesem Billigplastik nicht.« Dazu hatte er die Nase gerümpft und Timon tadelnd angesehen.

Timon fühlte Wut in sich aufsteigen wie giftige Dämpfe. Da nutzte dieser Show-Typ, der von nichts eine Ahnung hatte, sein, Timons, Können, und er als Hersteller wurde nirgends erwähnt! Die erlesenen Gewürze, die er lieferte, kriegten in Schlemilchs Lager ein Etikett aufgepappt ›Helmuts Würzwelt‹, und alle dachten, der Fernsehkoch hätte sie selbst kreiert. Er, Timon, war und blieb der Mann im Keller, den nie die Sonne des Ruhms bescheinen würde. Zu verdanken hatte er das alles nur einem Mann: Torsten Buchwald, seinem Englischlehrer, der ihm das Abi vermasselt hatte. Nur deshalb hatte er nicht Pharmazie studieren und Apotheker werden können – wegen eines unbeirrbaren Pedanten.

Timon atmete tief durch, als er zur Tür ging. Es hatte geklopft, und er ahnte, dass es Hazel war. Ihr wollte er nicht mit gerötetem Kopf und geschwärzten Gedanken gegenübertreten. Also sog er ganz bewusst eine Nase voll Röstaromen ein und wurde ruhiger.

»Ich brauche ganz schnell Nachschub vom Frauenmantel- und Johanniskraut-Tee und von den Brennnessel-Samen!« Wie üblich war sie außer Atem hereingeplatzt und sparte sich die Begrüßung. Timon fand ihr kleines, schüchternes Lachen, das sie der überhasteten Bestellung folgen ließ, hinreißend.

»Oh, also großer Bedarf an Liebeskräutern heute«, sagte er und sah ihr in die Augen. Nun errötete er doch.

»Ja, eine Selbsterfahrungsgruppe aus Bremen ist übers Wochenende im Seminarhaus. Ich habe den Tipp vom Hausmeister bekommen.« Sie lachte wieder, und nun zeigten sich auch die Grübchen, auf die Timon gewartet hatte.

Er würde alles für dieses Mädchen tun! »Ja? Möchtest du noch etwas?« Er hatte ihr Zögern bemerkt.

»Ehrlich gesagt, läuft das Zeug mit dem Bilsenkraut ziemlich gut. Ich biete es als ›Traumpaste‹ an. Aber du hattest ja gesagt...«

»Immer schön vorsichtig damit!« Timon runzelte leicht die Stirn. »Magische Stoffe muss man mit Bedacht dosieren. Halluzinogene können sehr gefährlich werden. Deine Mutter hätte das selbst gewusst, ihr hätte ich es nicht zu sagen brauchen. Aber dich ...«

»Mich musst du warnen, ich weiß.« Hazel machte sich keine Illusionen: Sie würde nie eine echte Harzer Kräuterfrau sein. Sie konnte mit Charme und Witz den Andenkenladen betreiben, das schon. Aber von den Tropfen und Salben, mit denen sie unterm Ladentisch handelte, hatte sie soviel Ahnung wie ein Bremer Fischkopp vom Harz. Das wusste nur Timon; allen anderen gegenüber spielte sie die würdige Nachfahrin der weisen Kräuterfrauenfamilie.

Timon lachte in sich hinein, als er diese ganz besondere, inoffizielle Mixtur zusammenrührte. Zum ersten Mal verwendete er neben dem Bilsenkraut mit seinen giftigen Alkaloiden die hochwirksamen Herz-Glykoside des Fingerhuts und, um ganz sicher zu gehen, einige Tropfen Öl von den Zweigspitzen des Sadebaums. Das Anwendungsrisiko aus seiner Sicht bestand im unangenehm bitteren Geschmack dieser Mischung. Er hoffte jedoch, dass Hazels Kunde so erpicht auf die Wirkung wäre, dass er das Aroma in Kauf nehmen würde. Auch wenn es Hazel nicht bewusst war: sie verplapperte sich in ihrer atemlosen, niedlichen Art immer wieder, sodass Timon genau wusste, für wen er da gerade eine ›Traumpaste‹ oder ›Mystikpillen‹ herstellte.

Torsten Buchwald stand kurz vor der Pensionierung und fand, er hätte diese kleinen Auszeiten, die er sich ab und zu gönnte, redlich verdient. Wie viele Kollegen machten auf Burnout und fielen ganz aus! Er jedoch erschien jeden Tag pünktlich zur ersten Stunde. Wenn er noch leicht benebelt von der ›Session‹ des Vorabends war, hatte er kein schlechtes Gewissen. Die Schüler merkten es sowieso nicht, so beschäftigt waren sie mit Pinterest, Snapchat und YouTube.

Hazel hatte ihm den »ultimativen Kick« versprochen. Er dürfe sich nicht am bitteren Geschmack stören, hatte sie gesagt, die Wirkung wäre unerhört.

Hazel hatte Recht gehabt.

Botaniklektion

Es war eine gehörige Strecke vom alten Zechenhaus, in dem sie wohnte, bis in die Marktstraße in Zellerfeld, wo sie übten. Mit dem Bus war es ziemlich umständlich, und zu Fuß brauchte sie eine ganze Stunde, auch wenn sie flott lief, denn sie ging über Stock und Stein, über Fichtennadelteppich und über knüppelharten Asphalt.

Trotzdem war Rona glücklich, dass sie diesen Chor gefunden hatte. Das Repertoire war abwechslungsreich, nicht immer nur Gospels wie sonst so oft. Draco, ihr neuer Chorleiter, hatte früher den Universitätschor dirigiert, er verstand also etwas von Musik und auch von Menschen. Vielleicht sogar von Pflanzen, denn er hatte den Chor ›Arnika‹ getauft. Ein Name, der Rona aufmerken ließ, denn die kostbare Blume gehörte zu den Zauberpflanzen und hatte deshalb einen besonderen Platz in ihrem Herzen. Arnika mit ihrem wunderbar satten Gelb stand für die Sommersonnenwende, lange bevor sie als Heilpflanze entdeckt wurde.

Draco hätte Rona eigentlich nicht in den Chor aufnehmen dürfen, weil die obere Altersgrenze bei 50 lag. Doch Rona verstand etwas von Kräutern und Blumen, die im Harz oft im Verborgenen wuchsen und starke Kräfte entfalteten, wenn man sie richtig einzusetzen wusste. Manche trugen zu einer regelrechter Verjüngungskur bei. Früher hatte man ihre Vorfahrinnen als Hexen beschimpft, noch viel früher als weise Frauen verehrt. Auch Rona verstand sich auf die Herstellung von allerlei Salben und Tinkturen, darunter waren wertvolle, geheim gehaltene Familienrezepturen. Sie sah noch lange nicht aus wie 53, deshalb hatte Draco sie bedenkenlos aufgenommen.

Sie sang leise eine kleine Melodie, *Maienwind am Abend sacht*, eine ihrer Lieblingsweisen aus dem Chor, als sie die letzten Meter in der Goslarschen Straße entlangschlenderte. Sie fuhr jeden Dienstagabend einkaufen, selbst wenn sie nur ein Fläschchen Olivenöl und Haferflocken brauchte, denn um diese Zeit war im Supermarkt der wenigste Andrang. Heute wärmte die Sonne schon angenehm, ein Pfeifenstrauch wiegte anmutig seine Zweige. Für einen Frühlingstag im Oberharz war es erstaunlich warm. Summend öffnete Rona die oberen Knöpfe ihrer Strickjacke.

Jäh stoppte sie. Das gab es doch nicht! Der Kerl mit dem albernen Schlapphut stand tatsächlich vor dem Supermarkt, vor *ihrem* Supermarkt, was zum Teufel ...! Sollte sie umdrehen? Pah! Sie würde nicht weglaufen vor dem, so weit käme es noch! Trotzig straffte sie den Rücken.

Als die Autos endlich durchgefahren waren und sie die Straße überqueren konnte, stand er noch immer am selben Platz. »Rose – äh: Rona, welch holder Zufall! Kannst du mir helfen? Du kennst dich doch mit Pflanzen aus. Ich suche schöne Blumen für meinen Balkon.« Er versuchte, seinem Tonfall etwas Beiläufiges zu geben, aber das gelang war ihm nicht ganz, natürlich nicht, so ein Schwachsinn: Blumensuche vor dem Supermarkt!

Sie war von Anfang an skeptisch gewesen, schon an seinem ersten Abend im Chor. Er hatte allen die Hand geschüttelt, ihr zuletzt, und natürlich hatte sie ihn lächelnd willkommen geheißen, vielleicht eine Sekunde zu lange, und er hatte sich in ihrem offenen Lächeln verfangen und zu ihr gesagt: »Ich bin Rainer und sonst keiner.« Sie hatte gekichert, nicht wohlwollend, sondern hämisch über den plumpen Spruch, dann hatte sie sich abgewandt und war summend nach Hause gegangen.

An ihrem Geburtstag hatte sie sich vom Chor ein Lied wünschen dürfen. *Rosmarin* hatte sie gewählt, sie liebte die Melodie und die Pflanze. Rosmarin, bitter-süßes Abschiedskraut, auch wenn die meisten Leute nur an das Würzen von Ofenkartoffeln dachten. Was Draco wohl über die Zauberpflanze wusste? »Ein schönes Stück für Rona, unsere Botanikerin, das passt ja bestens zu dir«, hatte er befunden und es schwungvoll dirigiert. Da hatte dieser Rainer gesagt: »Ich habe auch bald Geburtstag. Dann wünsche ich mir *Sah ein Knab' ein Röslein stehn*«, und hatte sie bedeutungsvoll angegrinst. Sie musste an eine Trottellumme denken.

Beim allgemeinen Abschied an diesem Abend hatte er sie das erste Mal »Rose – äh Rona« genannt und dann nachgeschoben, sie erinnere ihn eben an die schönste aller Blumen, da könne er nichts machen. *War so jung und morgenschön / Lief er schnell, es nah zu sehn / Sah's mit vielen Freuden.* Er sang die Verse im Weggehen, und alle schmolzen dahin angesichts seiner wunderbar vollen Bassstimme. Nur Rona schmolz nicht. Rona kochte.

Bei der nächsten Chorprobe war sie vorbereitet. Er faselte wieder etwas von seinen Lieblingsblumen, den Rosen, und sah sie schmachtend an. Beim Abschied gab sie ihm die Hand und steckte ihm dabei ein Blatt Papier zu. Sie hatte die Charakteristika von Blutberberitze, Schöllkraut und Sonnentau ausgedruckt. »*Meine* Lieblingspflanzen«, hatte sie ihm zugeraunt und die Zähne gefletscht.

Die beiden Wochen danach hatte Rainer bei der Chorprobe gefehlt.

Er sah nicht schlecht aus, das musste man ihm lassen. Er war bestimmt zehn Jahre jünger als sie. Nicht zu groß, nicht zu klein, breite Schultern, schlank, aber nicht mager, der Mann achtete auf sich. Wären da nur nicht diese Augen! Große, runde Augen, die sie an ihre Ausbildung erinnerten, an die Zeit im Kuhstall. Jawohl, richtige Kuhaugen hatte Rainer-und-sonstkeiner, auch wenn sie zu den Schläfen hin nun ein wenig spitz zuliefen, kleine Fältchen zogen an den Lidern.

Leider stand in der Mitgliederliste ihre Adresse. Rainers noch nicht, er war noch zu neu im Chor, die Liste wurde nur alle paar Monate aktualisiert. Doch Rona wusste, dass er am östlichen Ortsrand wohnte, wo es nach Altenau hinausging, das hatte er Draco erzählt, als sie in der Nähe stand. Deshalb beschlich sie eine böse Ahnung, als sie ihn zum ersten Mal an der Bushaltestelle Frankenscharrnhütte weit im Westen warten sah. Sie befürchtete, er wäre ihretwegen dort. Zu Recht. Er hatte ihr seitdem drei-, viermal dort aufgelauert, obwohl sie ihn angefaucht und ihm unmissverständlich klar gemacht hatte, dass sie auf seine Gesellschaft keinerlei Wert lege. Als er ein paar Abende später beim Aussteigen aus dem Bus ihren Arm berührte, hatte sie den Entschluss gefasst, ihn als Stalker anzuzeigen. Eine offizielle, unmissverständliche Verwarnung, das wäre es!

Gleich am nächsten Morgen spazierte sie aufs Kommissariat in der Berliner Straße. Sie öffnete die Tür – und prallte zurück. ›KK Rainer Ochsenmann‹ stand auf dem Namensschild vor ihm. Zum Glück hatte er sich zu einer Kollegin umgewandt und sah sie nicht.

Rona taumelte nach Hause, sie lief ohne innezuhalten die viereinhalb Kilometer zu Fuß, durch den Ort, übers Feld, in den Wald, durchs Kleine Clausthal. Sie goss einen Aufgesetzten hinunter und dann noch einen. Nach dem dritten Glas bekam sie einen Lachanfall. *Rainer Ochsenmann, ein Bulle mit Kuhaugen!*

Als sie die Woche darauf im Chor *Come again* geprobt hatten, hatte er sie bei der Zeile ›to see, to hear, to touch, to kiss, to die with thee again‹ so schamlos angeschmachtet, dass selbst Draco, der eigentlich aufs Dirigieren konzentriert war, irritiert den Blick abgewandt hatte. Da hatte Rona auf dem Heimweg ›I shot the sheriff‹ gebrummt.

Doch dann hatte er höchst lebensfroh vor ihr gestanden, vor dem kleinen Supermarkt. Balkonpflanzen von Rewe, wie dumm konnte man sein!

Als Rainer zum dritten Mal hintereinander nicht zur Chorprobe erschien, wurden die anderen unruhig. Ob jemand seine Telefonnummer habe, wollte Draco wissen. Doch die hatte niemand, die Adressliste war ja noch nicht aktualisiert.

»Vielleicht singt er jetzt in einem anderen, einem größeren Chor«, mutmaßte jemand. »Mit dieser Stimme ...«. Vernehmliches Seufzen. »Bei den Himmlischen Heeren«, flüsterte Rona, so leise, dass nicht einmal ihre Sitznachbarin es verstand.

Als der Hornochse Rainer sie vor dem Supermarkt nach Balkonblumen gefragt hatte, war blitzartig eine Idee in ihr entstanden. Ein Plan.
»Wenn du gute Balkonblumen haben willst, musst du woanders hingehen. Zum Gartencenter. Wenn du willst, begleite ich dich«, hatte sie zuckersüß reagiert.

Mit seinen Kuhaugen hatte er sich an ihr festgeglubscht, festgesaugt, wollte sie aufsaugen, auffressen mit Haut und Haar. Sie hatten sich für den übernächsten Tag verabredet.

Im Gartencenter hatte sie spielerisch Arbeitshandschuhe anprobiert, bevor sie ihm die Tupperdose herüberreichte, als wäre es ihr just in dem Moment eingefallen. »Ich habe noch ein paar Rosmarinkekse übrig, wenn du mal probieren magst ...«, hatte sie gesagt. So war die Dose ohne ihre Fingerabdrücke in seinen Besitz gewechselt. Dann hatten sie Fuchsien, Nelken und Geranien eingesammelt. Die Rose *Holde vom Harz*, die er mit Schmachtaugen-Seitenblick in den Wagen gestellt hatte, hatte sie zurückgepackt mit dem Kommentar: »Die würde auf deinem Balkon kümmern.«

Er gab keine Ruhe, wollte sie unbedingt zum Abendschoppen einladen. »Gern, nächste Woche habe ich viel Zeit«, hatte sie geantwortet und gelächelt. Sie wusste, dazu würde es nicht mehr kommen. Sie wusste, er würde die Kekse verschlingen, weil sie von ihr waren. Solange er nicht sie selbst verschlingen konnte.

Nach der Chorprobe machte sich Rona auf den Heimweg, sie entschied sich für die weitere Strecke, am Eulenspiegler Teich vorbei. Sie hatte Zeit, niemand war ihr auf den Fersen. Sie sang das Lied *Rosmarin*. Doch an manchen Stellen ersetzte sie Ros--ma--rin durch Ei--sen--hut.

Blütenträume

Jonas stieß den Spaten beiseite. Mit bloßen Händen würde er weitermachen; Kratzer, Schrammen waren unerheblich.

Angesichts der Wunden, die man ihm zugefügt hatte, zählten Blessuren der Außenhaut nicht. Steinspitzen, Lehmbrocken, Stacheln – was rau war und dreckig, das war genau richtig.

Er irrte vorbei an robusten Zentifolien, duftenden David-Austin-Schönheiten und prächtig blühenden historischen Sorten, Apothekerrose, Konditorrose. Tipps fielen ihm ein, wie man das beste Gelee daraus kochte, welche Blüten sich zur Parfumgewinnung eigneten. Wie konnte sein Hirn so glasklar Rezepte abrufen, wieso jetzt, wo es um ganz anderes ging.

Endlich sah er sie. Sie hatte ihm am meisten bedeutet, er hatte sie gepflegt, sie hatte ihn betört. Schon der Klang ihres Namens bezauberte ihn: *Ghislaine de Féligonde*. Mit schwerem Stiefel trat er gegen das filigrane Geflecht ihrer Zweige. Er verfluchte die zartgelben Blütenblätter, die im Herunterschweben seine nackten Unterarme streiften, als wollten sie ihn streicheln. Einmal noch.

Fassungslos, haltlos, ohne jede Beherrschung zerrupfte er Blütengesichter. Er riss sich die Hände an Dornen blutig, er schrie und hörte es nicht, Tränen der Wut und der Trauer und Beschämung rannen die Wangen hinunter, und er spürte sie nicht. Wie ein zu spät geborener Sturm wütete er mit einer Kraft, die alles nachholen wollte.

Seine Wurzeln waren gekappt; sie hatte ihm jegliche Illusion genommen.

Er wollte ihr Albtraum sein.

»Wo ist Jonas?«

Kastner hatte seinen Trenchcoat ordentlich an die Garderobe gehängt, hatte einen Blickblitz ins Wohnzimmer geworfen; es war leer. Jetzt blieb er an der Küchentür stehen.

Nadine drehte sich zu ihm um, ihr Lächeln wie so oft in den letzten Tagen ein Ausbund an Tapferkeit. »Ich mache Teig für Kartoffelpuffer. Für Dich, mich – und für Jonas.«

»Wo ist er denn, dein nimmersatter Ex-Lover?«

»Bitte Max ...«

»Ist doch wahr.«

»Vielleicht hat er einen Auftrag bekommen. Er wollte akquirieren.«
»Einen Auftrag, so, so. Hat er überhaupt sein Fotozeug eingepackt?«
»Verdammt, ich bin nicht seine Sprecherin. Wenn du wissen willst, was er mitgenommen hat, guck nach!«
»Und was heißt, ›er wollte akquirieren‹. Hat er's getan oder nicht?«
Nadine versetzte der blauen Porzellanschüssel, die ihr plötzlich wie manifestierter Vorwurf vorkam, einen Hieb mit dem Schneebesen. »Steh nicht wie ein Kontrolleur in der Tür. Komm rein und setz dich!« Sie schubste die Schüssel beiseite. Teig schwappte über.
Kastner, der bedächtig an den Tisch getreten war, schob sich einen Barhocker halb unters Gesäß. Mehr stehend als sitzend beugte er sich über die Tischplatte und zog einen Finger aufreizend langsam durch die Teigpfütze.
Nadine sagte ihm nicht, dass sie das hasste. Er wusste es. Sie atmete tief durch. Dann gab sie sich einen Ruck. »Vielleicht war es ein Fehler, Jonas aufzunehmen.«
Kastner hob den Blick, sie sollte ihm in die Augen sehen.
Nadine bebte. »Er ist wirklich seltsam seit ... damals. Doch ich musste mich so entscheiden, Max. Ich musste ihm einfach helfen. Ich habe ihn mal geliebt.«
»Du kannst nichts dafür, was passiert ist. Er kann nicht dir die Schuld geben.«
»Er tut mir trotzdem leid.«
»Ach, immer diese Leier: der arme, labile Mann.« Kastner hätte am liebsten auf den Boden gespuckt, besann sich aber. »Ich sag dir, er weiß genau, welchen Knopf er drücken muss. Wie gestern. Er beschimpft mich, und du zerfließt vor Mitgefühl. Für den Aggressor, nicht für mich.«
Nadine biss sich fest auf den Unterkiefer. Sie wandte Max den Rücken zu, stellte Pfanne und Öl bereit. »Wir werden ihn ja wohl noch zehn Tage ertragen können. Und dann ... du weißt, er will nach München – dann ist er weit weg.«
Sie fragte sich, ob sie das selbst glaubte. Wäre er wirklich weit weg? Jonas litt, beträchtlich stärker als sie vermutet hatte, und er hegte sein Leid. Seit sie ihm Unterschlupf gewährt hatte, ließ er keine Gelegenheit aus, sie zu erinnern. An ihr ersehntes Hausprojekt, das sie umsetzen wollten, sobald Nadines Eltern ausgezogen wären. Das kleine Zimmer, für das sie schon drollige bunte Tapete ausgesucht hatten. Die gemeinsam freigeschnittenen Rosen.

Tage mit Schmetterlingen, Tage des Dufts, längst verflogen. Jonas jedoch blieb mutwillig stehen und machte sich schwer, er stampfte auf und zeigte mit dem Finger auf andere. Jetzt zeigte er auf Max und auf ihren Neuanfang.

Er müsse nur noch zwei Wochen bis zu seinem Umzug überbrücken, hatte er ihr gesagt, als er mit seiner Fotoausrüstung vor der Tür stand. ›Hab meine Wohnung zu früh gekündigt, hab gedacht, die wären in München eher fertig.‹ Natürlich hatte sie ihn nicht hierhaben wollen. Doch er bestand darauf, sie sei es ihm schuldig. ›Für alles, was ich verloren habe.‹ Als hätte sie nichts verloren.

Nadine drehte sich zu Max um und wagte ein Lächeln. Sie seufzte. »Ich freue mich auf unseren eigenen Umzug.«

Kastner starrte sie an. »Der Umzug, der Umzug. Dann ist die Welt in Ordnung, ja?«

»Warum, bitte, nicht?«

Er zerrte die Teigschüssel zu sich heran und begann, mit dem Rührbesen Krater in die Kartoffelmasse zu bohren. »Weil du nicht so tun kannst, als gäbe es keine Probleme mehr, wenn nur deine Blütenträume in Erfüllung gehen. Glaubst du, mir macht es nichts aus, in das Haus zu ziehen, wo eigentlich ›Jonas‹ an jeder Tür steht? Und an jeder Blume im Garten?«

»Das fällt dir ja früh ein.« Nadine stemmte die Fäuste in die Seiten. »Und was schlägst du jetzt vor?«

»Der Garten gehört kräftig umgegraben, bevor ich mich da niederlasse. Von euren Erinnerungsrosen lasse ich mich nicht betören.«

Nadine knallte die Tür, als sie ging. Sie musste raus aus der Küche, sich hinter Kochzeug verschanzen half nicht gegen Max' Zorn. Ganz raus musste sie. Wind schnappen.

»Aiko!«

Der Collie, zutraulich und sanft und weich, hatte sie oft über das verlorene Kind hinweggetröstet.

»Aiko…?!« Nichts rührte sich. Hatte etwa Jonas den Hund mitgenommen?

Wie von Magneten gezogen steuerte sie das Haus an. Sie öffnete die verschnörkelte Pforte und folgte dem schmalen Weg zur Westseite des Gebäudes. Unsicher lächelte sie der Steinputte am Pavillon zu.

Die kahlen Zweige im Floribunda-Beet bemerkte sie fast gleichzeitig mit den abgeschlagenen Köpfen der Damaszenerrosen. Purpurfarbene Blütenblätter bedeckten den Boden wie Tränen aus Blut.

Sie sah den Spaten.
Nadines Körper war taub und dumpf, als sie sich aufmachte nachzusehen, warum dieser verschmierte Riemen da unter dem Spaten aussah wie ihre Hundeleine.

Mannsbilder, mit und ohne Krawatte

Ernesto Wrage trägt gern **Krasse Krawatte**, *doch das ist längst nicht das Bemerkenswerteste an ihm.*

Immerhin lügt er nicht – im Unterschied zu Oscar, der alles dafür getan hat, um ein **Heldenbild** *zu bewahren.*

Verlorener Posten, *denkt Dragunsky, als er bei seiner Flucht auf ein ungepflegtes Gebäude stößt. Hätte er geahnt, was das in diesem Fall bedeutet, hätte er es nicht betreten.*

Das Haus, in dem Henning arbeitet, ist hochmodern. Und es gibt darin verwirrend viel **Digitales**.

Schmoll ist sauer, dass ihn die Immobilienmaklerin noch immer nicht erkennt, dabei ist es schon **Die zehnte Besichtigung**. *Das wird er ihr noch unter die Nase reiben!*

Für seine Geburtstagsfeier im Kreise wichtiger Gäste hat Tammo Hünold einen Luxus-Lieferservice bestellt. Übermütig ruft er dem Boten zu: **Pack aus!**

Krasse Krawatte

Anita von Feinfels deutete wie beiläufig zur Tür. Sie erhob ihre Stimme nicht sonderlich. »Ach, Kollege Prahlmann kommt auch an Bord, welch hübscher Einfall.«

Von Feinfels war nicht nur geborene Hanseatin, sie war auch geborene Chefsekretärin; mittlerweile stand ›Assistentin der Geschäftsleitung‹ in ihrem Firmenprofil und somit auch auf der Visitenkarte. Stets frisch geföhnt, perfekt geschminkt, adrett gekleidet, traf sie exakt den Tonfall zwischen leichter Empörung, die auch gespielt sein konnte, und ironischer Ordnungsliebe, von der nur die Ironie gespielt war.

Mario Prahlmann betrat den Konferenzsaal ›Mondscheinsinfonie‹ auf leisen Sohlen, blass. Er hatte gehofft, unauffällig an den zugewiesenen Platz schleichen zu können, ohne sich rechtfertigen zu müssen. Doch die Assistentin hatte ihm einen Strich durch die Rechnung gemacht. Prompt reagierte der oberste Chef.

»Nun, Herr Prahlmann, auch als Junior Business Development Manager bedarf es gewisser Umgangsformen«, richtete Hubertus Ovid Mayer-Herm, Vorstandsvorsitzender der Privatbank HOMH, das Wort an den Unglücklichen. »Ich bin – gelinde formuliert – etwas enttäuscht ...«

Prahlmann, der seinem Namen durchaus keine Ehre machte, blieb artig hinter dem hochlehnigen Stuhl stehen. »Bitte entschuldigen Sie meine Verspätung von zwei Minuten. Ich wurde von unserem strategischen Partner, Herrn Wrage, aufgehalten. Da die Geschäftsleitung nach meiner Kenntnis dem Herrn Wrage ...«

»Ist schon gut«, fiel Mayer-Herm ihm ins Wort, gütig, »jetzt sind Sie da, jetzt beginnen wir.«

20 Kilometer entfernt in Wandsbek, dem am wenigsten aufregenden Hamburger Stadtteil, stieß Ernesto Wrage ein kehliges Lachen aus. »Diesen Schnöseln von der Privatbank zieh ich das Geld aus der Tasche, so schnell können die gar nicht gucken.«

Wrage bezeichnete Wandsbek als unterschätztesten Stadtteil Hamburgs, und das glaubte er sich auch. »Aufbruchstimmung in Dodge City«, säuselte er den unscheinbaren Gebäuden zu, wenn er in seinem Peugeot 505, Fenster auf halb acht, Arm lässig rausgehängt, vorüberbrauste – ein Zitat aus einem Western, wenngleich Wandsbek im äußersten Osten der Stadt lag.

Wrage rückte seine goldgelb-braun schräg wellig gestreifte Seidenkrawatte zurecht. Ob Dorett, die sicher zu weit mehr zu gebrauchen war als Rechnungen schreiben, eine Essenseinladung annehmen würde? Vielleicht würde er sich eines Tages trauen, sie zu fragen.

»Dieser Wrage ist vielleicht ein komischer Vogel!«, vertraute Mario Prahlmann im Flüsterton seinen Kolleginnen in der Teeküche an, nachdem die Konferenz überstanden war. »Der labert, als hätte man zwanzig Ohren und nicht zwei. Der ist völlig schmerzfrei.«

Prahlmann hatte einen frischen, erdigen Charme, dessen Wirkung sich nicht einmal Anita von Feinfels entziehen konnte. »Und Sie haben den Mann nicht unterbrochen? Sie wussten doch, dass HO diese Konferenz überaus wichtig war.«

»Ich habe ihn gefühlte 180 Mal unterbrochen«, erwiderte Prahlmann. »Doch das hat der überhaupt nicht zur Kenntnis genommen!«

Prahlmann schüttelte den Kopf, er konnte sich selbst keinen Reim auf derart impertinentes Verhalten machen. »Dass das ein strategischer Partner sein soll…« Er beließ es bei der Andeutung.

Wrage hing am Telefon, als Dorett hereinkam. Sie trug zwei Blumentöpfe mit prächtigen Aronstäben. Sie strahlte ihn an, während sie die alten Töpfe – sowohl die gelbe als auch die roséfarbene Kalanchoe waren vertrocknet – mit elegantem Schwung vom Schreibtisch zauberte.

»Synergieeffekte durch geschickte Wartungsintervalle«, trompetete Wrage in den Telefonhörer und schenkte Dorett einen schief verzogenen Mundwinkel, von dem er glaubte, er forme ein Lächeln. Dorett senkte den Kopf, während sie mit zierlichen Bewegungen die Aronstäbe platzierte – in Sichtweite ihres Chefs, aber doch von ihm abgewandt. Als Wrage sich räusperte, was wie erstickter Wüstensturm klang, verließ sie eilig den Raum.

Wrage zerrte an seiner in honiggelb und verwandten Farben gemusterten Krawatte, denn ihm war heiß. Sein Körper arbeitete wieder einmal auf Hochtouren. Den ausladenden Hemdkragen schob er mit knapper Geste links weg; er war zwar stylish, nervte aber im Moment fürchterlich.

»Er hat wieder so eine krasse Krawatte um«, informierte Dorett ihre Freundin Sandy per Smartphone. »Irgendwie Retro, aber ich glaube, das merkt er gar nicht.«

»Wrage ist echt schräge«, sagte Prahlmann, der Softe, in Anita von Feinfels' Richtung. »Der trägt so 70er-, 80er-Jahre-Klamotten und hat auch sonst den Schuss nicht gehört. Der redet ohne Unterlass wie eine Vertreter-Karikatur; das macht man doch heute nicht mehr.«

»Fehlgeleitetes Imponiergehabe«, befand die Chef-Assistentin beiläufig.

»Sie haben den Kernaspekt nicht verstanden«, raunzte Wrage ins Telefon. »Diese Software hat nicht die übliche Dokumentation. Braucht sie nicht. Sie funktioniert intuitiv.«

Dass er an der fehlenden Dokumentation richtig gut verdiente, weil die Kunden wegen jeder Kleinigkeit seine Hilfe brauchten, behielt er natürlich für sich. Stattdessen schwärmte er ausführlich vom praktischen Dashboard, wobei er die Geschichte jedes einzelnen Buttons referierte.

Sein Telefonpartner verhielt sich so, wie die meisten früher oder später reagierten: er gab auf. Ganz nach Wunsch also. Er würde nicht weiter auf besserem Support bestehen. Wrage schickte einen triumphierenden Blick in den Raum, der auch die Aronstäbe traf.

»Er hat eine unheimliche Gabe«, erzählte Dorett ihrer Freundin, als sie nach dem Sport einen alkoholfreien Cocktail zu sich nahmen. »Er entzieht Pflanzen den Lebenssaft. Heute musste ich zwei Aronstäbe entsorgen. Die waren verdorrt, obwohl ich sie genug gegossen habe.«

»Wie, bitte, soll das denn gehen? Der wird doch nicht das Wasser auf dem Übertopf schlürfen?« Sandy schauderte.

Dorett lachte auf, dann schüttelte sie den Kopf. »Wie er das macht, weiß ich nicht. Aber ich war neulich in seinem Büro, als zwei Kalanchoe vertrocknet sind. Ich konnte dabei zusehen. Ich glaube, er hat die einfach nur angestarrt. Was anderes ist mir nicht aufgefallen.«

»Wenn Blicke töten können…?« Sandys Gesichtsausdruck verriet ihre Skepsis.

Dorett nuckelte nachdenklich am Strohhalm. »Er ist ganz okay, eigentlich. Und ein cooler Chef. Er zahlt gut und kontrolliert mich nicht ständig.«

Doch die Freundin verfolgte ihren Gedanken weiter. »Meinst du, er kann das auch mit Menschen machen? Lebenssaft entziehen?«

»Quatsch. Sieh mich an: ich bin doch noch ganz knackig, oder?« Dorett vollführte einen koketten Augenaufschlag.

Sandy lachte. »Sag mal – kann es sein, dass Du den ein bisschen bewunderst?«

»Hm.« Dorett dachte kurz nach. »Wenn du mich so direkt fragst: Ja, schon irgendwie. In solchen Klamotten rumzulaufen, das würden sich die meisten nicht trauen. Nicht im Finanz-Business. Aber der ... der macht einfach sein Ding.«

Die Freundin ächzte leise. »Versprich mir, dass du dich vorsiehst. Und wirf mal einen Blick in die Stellenanzeigen, das kann ja nicht schaden.«

Mario Prahlmann klammerte sich am Schreibtisch fest. Während des langwierigen Telefonats war er auf- und abgegangen, um seine Ungeduld zu bezwingen. HOMH wusste schon, warum er ihm, Prahlmann, die Verhandlungen übertragen hatte. Ihm war ganz schummerig vom Zuhören. Er brauchte Halt.

»Die Stammdatenpflege erledigt sich wie von selbst«, säuselte Wrage ihm ins Ohr.

Prahlmann musste an einen Rettungsring denken, dem zischend die Luft entwich. Er setzte sich schnell.

»Sie können die Daten aus Ihrer alten Software ...«, hier ließ Wrage ein kehliges Lachen hören, »... aus Ihrer veralteten Software besser gesagt, nicht wahr, doch sicherlich ins csv-Format exportieren. Das kann dieses Programm doch hoffentlich ...«

Prahlmann wollte sich den kalten Schweiß von der Stirn wischen, doch da war gar keiner.

Wrage fuhr staubtrocken fort: »Ja, das sollte man wohl tatsächlich selbst von diesem Programm erwarten können, das Sie zu meinem Erstaunen immer noch einsetzen.«

Prahlmann brauchte dringend einen Schluck Wasser, doch sein Glas war seltsamerweise leer.

Wrage knarzte. »Dann jedenfalls importieren Sie die Daten, indem ...«

»Keine weiteren Details bitte«, röchelte Prahlmann.

»Ich kann Ihnen das selbstverständlich bei einem persönlichen Treffen zeigen, dann ...« Wrage räusperte sich.

Prahlmann hatte den Hörer fallen lassen.

Wrage öffnete die oberen Hemdknöpfe. Die grün auf fuchsbraunem Grund gepunktete Krawatte hatte er schon während des Telefonats lockern müssen. Der war aber auch widerborstig, dieser Prahlmann! Wrage ließ einen warnenden Blick auf dem neuen Kaktus landen.

Anita von Feinfels sah auf ihre filigran gearbeitete Platin-Armbanduhr. Sie seufzte. So machte sich Prahlmann keine Freunde. Schade um den charmanten Jungen!

»Wir werden nicht länger auf unseren Junior Business Development Manager warten!«, donnerte Hubertus Ovid Mayer-Herm. »Dann wird er eben jedem von uns einzeln über diese Software berichten müssen.«

Als HOMH 50 Minuten später die Konferenz beendete, war Prahlmann immer noch nicht aufgetaucht. Von Feinfels nahm einen kurzen Umweg in Kauf, um in seinem Büro nachzuschauen.

Zuerst sah sie ihn nicht. Als ihr Blick auf das weggeworfene Telefon fiel, wusste sie, dass etwas nicht stimmte. Sie umrundete den Schreibtisch. Da hing Prahlmann in seinem ergonomischen Sessel, heruntergerutscht wie ein nasser Sack, beide Knie am Boden.

»Dehydriert«, sagte die Rettungssanitäterin. Sie sah ratlos aus. »So etwas habe ich noch nie erlebt.«

In dem aufgeheizten Büro in Wandsbek rief Wrage seine Lieblingsmitarbeiterin herein.

»Soll ich die Vertragsunterlagen für die HOMH-Bank abschicken?«, erkundigte sich Dorett.

»Nein, jetzt nicht.« Wrage richtete die Krawatte. »Noch nicht.« Er zupfte an den Spitzen des Hemdkragens, der lichtgrau schillerte wie verdunstendes Elbwasser. »Ich wollte Sie nur fragen, ob wir was Essbares im Haus haben? Das Telefonat hat mich hungrig gemacht.«

»Ich sehe in der Pantry nach. Soll ich Ihnen ausnahmsweise einen Kaffee mitbringen? Oder vielleicht eine Apfelschorle?«

»Nicht nötig«, murmelte Wrage. »Trinken muss ich nicht.«

Heldenbild

Elizabeth unterdrückte ein Stöhnen, als sie sich aufrichtete. Sie hatte zu lange vor der Anrichte gekniet, um die Mokkatässchen zu sichten. Oscar hatte eine richtige Sammlung besessen, das war ihr nicht bewusst gewesen. Wegen ihres empfindlich gewordenen Magens nahm sie schon seit Jahren kaum noch Koffein zu sich. Eine antike Meißner Tasse mit Goldrand und grünem Weinlaub würde sie behalten, vielleicht auch noch die von Fürstenberg mit dem Streublumenmuster.

Tobias stand im Türrahmen, sie hatte seine Schritte gehört.

»Na, mein Junge, hast du auch was Schönes gefunden?«

Tobias lächelte. Mit Anfang 30 wurde er nicht mehr oft ›mein Junge‹ genannt. »Wenn du nichts dagegen hast, würde ich den gern mitnehmen.« Er hob einen Feldstecher hoch. »Übrigens komme ich mit dem Regal gut voran. Die Bücher packe ich in die stabilen Waschkörbe, darin lassen sie sich gut transportieren. Liz, willst du wirklich nichts mehr davon haben?«

»*For God's sake, no!* Dieses alte Zeug, Krieg, Strategie, Helden – das ist nichts für mich.«

»Überleg dir's noch mal. Die sind bestimmt einiges wert. Außerdem hast du es doch lange mit einem lebendigen Helden ausgehalten!« Tobias zögerte einen Moment, er wollte nicht indiskret sein. »Wie lange wart ihr eigentlich zusammen?«

Liz schloss kurz die Augen. »Ich und dein *Grandpa*? Warte ... das müssen fast 20 Jahre gewesen sein. Kannst du ...« Sie unterbrach sich, deutete in Richtung Küche. »Komm, setzen wir uns, machen wir eine kleine Pause.«

Tobias stellte das tarngrüne Fernglas auf dem Eichenungetüm von einem Sideboard ab, wo es sich wie ein überdimensionierter Bewacher neben den zierlichen Porzellantässchen ausnahm, und folgte der Hausherrin in die Wohnküche.

Elizabeth hantierte mit Gläsern. »Ich habe Sprudelwasser medium zu bieten. Oder warte ... wie wäre es mit einem Gläschen Likör? Zum Dank, dass du mir hilfst!«

Auf Tobias' Nicken hin hatte Liz zwei dünnwandige Gläser mit einer klebrigen dunkelroten Flüssigkeit gefüllt. »Prosit – und nochmals danke!«

Tobias nahm einen winzigen Schluck. »Was wolltest du denn eben fragen – als wir im Wohnzimmer standen?«

Liz nippte am Glas, dann räusperte sie sich. »Ach, mir ging nur durch den Kopf ... kannst du dich noch gut an deine *Grandma* erinnern?«

»Ja. Schon.« Tobias schob den halbvollen Likörkelch beiseite und goss Mineralwasser in ein großes Wasserglas.

»Wie war sie? Weißt du, Oscar hat nicht viel von ihr geredet.«

»Nein? Dabei hat sie ihn angehimmelt. Er war ihr tapferer Held, und sie bewunderte ihn. Wenn Besuch kam, musste er die Geschichte, wie er die zwölf Amerikaner gerettet hat, wieder und wieder erzählen.«

»*Pardon me? Twelve?*«

Was war denn das für ein Tonfall? Tobias blickte auf. »Ja...? Ich glaube, er hat gesagt, es waren ein Dutzend.«

»*Nonsense*!« Elizabeth verkniff sich ein Lachen; der Junge sah so ernst aus. »Da hat er wohl mehrfach doppelt gesehen, als er das gesagt hat.«

»Wieso, was hat er dir denn erzählt?«

»Also – wir haben nicht oft davon gesprochen, weißt du. Aber ich bin sicher, es waren nur zwei oder höchstens drei.«

»Nein. Nein, nein, da irrst du dich. Ich habe die Geschichte in meiner Kindheit oft gehört, das kannst du mir glauben! Opa hat immer so plastisch berichtet, wie starker Wind aufkam und der Himmel über ihnen plötzlich voller Fallschirme war. Das muss doch dein Mann – also, ich meine, dein erster Ehemann – auch erzählt haben! Sowas vergisst man doch nicht!«

»Erich« – sie sprach es Eric aus – »hat eigentlich nie darüber geredet. Jedenfalls nicht in *America*. Er fing mit den alten Geschichten erst an, als wir in Frankfurt wohnten.« Sie tippte sich unbewusst mit dem Zeigefinger gegen die Wange, als hülfe ihr das, sich zu konzentrieren. »Ich glaube«, schob sie schließlich nach, »er sprach von seiner Zeit als Flakhelfer überhaupt erst, als dieses Treffen geplant wurde.«

»Das Treffen in Schweinfurt, wo ...?«

»Wo es dann diesen schrecklichen Unfall gab.« Elizabeth richtete sich auf. »Ach, weißt du was? Lass uns ein bisschen weitermachen, okay? Ich muss schließlich das ganze Haus ausräumen.«

»Müsstest du nicht. Du weißt, von Papa aus könntest du bleiben.«

»*No way.*« Sie erhob sich und schob den Küchenstuhl hastig an den Tisch. »*What's past is past.* Wie Oscar immer gesagt hat: Alles hat seine Zeit.«

Tobias zog sich wieder ins Arbeitszimmer zurück. Das Buchregal nahm die komplette rückwärtige Wand ein; knapp zwei Drittel mochte er bereits ausgeräumt haben. Er seufzte. Der wuchtige Schreibtisch mit seinen Fächern und Schubläden stand ihm auch noch bevor!

Nachdem ihm die Waschkörbe ausgegangen waren, ging er dazu über, die Bücher, grob thematisch sortiert, auf Stühlen zu stapeln. Der Antiquar, dem er sie anbieten wollte, sollte sich bei der Durchsicht nicht bücken müssen.

Für die Bücher über den *Black Thursday* im Oktober 1943, als Opa Oscar, gerade 16, zusammen mit seinen Mitschülern eingeteilt war, um Schweinfurt zu verteidigen, brauchte Tobias zwei Stühle. Angesichts schwarz-weißer Titelfotos, die gestochen scharf die präzise Kampftechnik abbildeten, überkam ihn das Grauen. Sehr genau hatte ihm sein Großvater das Geschehen aus seiner Perspektive geschildert: An seiner Seite starben alle Mitschüler bis auf Erich. Deutsche Jugendliche, knapp den Kinderschuhen entwachsen, ließen ihr Leben in diesem sinnlosen Einsatz. Die verbitterte und aufgewiegelte deutsche Bevölkerung bildete ihrerseits Lynch-Mobs, die die überlebenden Besatzungsmitglieder der abgeschossenen Bomber hetzten.

Zwischen zwei englischsprachigen Bänden über ›*The Schweinfurt Raid*‹ entdeckte Tobias eine quadratische Mappe aus dicker königsblauer Pappe. Zeitungsartikel! Er blätterte sie kurz durch: die steile, nach rechts geneigte Schrift, mit der Zeitungsname und Datum auf den Artikeln vermerkt waren, stammte von seiner Großmutter. ›Schwebheimer Flakhelfer rettet Amerikaner vor deutscher Selbstjustiz‹, ›Junger Schüler verhindert brutale Vergeltung‹, ›Oscar Aumüller für selbstlosen Einsatz geehrt‹ lauteten Überschriften aus den 1950er Jahren. Tobias legte die Mappe beiseite; er würde Liz schon beweisen, dass Opa Oscar ihm die Wahrheit gesagt hatte!

Im rechten Schreibtischschränkchen fand er eine alte Kompaktkamera, eine abgestoßene schwarze Leica. Die musste er Liz zeigen!

»Sieh mal, was Oscar aufgehoben hat. Sowas hätte ich eher Erich zugetraut. Der wollte doch Reporter werden, oder?«

Elizabeth nahm den Apparat in die Hand, beinah ehrfürchtig.

Tobias redete einfach weiter. »Ich glaube, Opa hat mal erzählt, Erich hätte immer eine kleine Kamera dabei gehabt, selbst an der Flak.«

Schließlich nickte Elizabeth. »Erich sagte, dass Oscar ihn gewarnt hätte, er sollte sich nicht soviel um die Kamera sorgen, sondern lieber auf sich selbst aufpassen.« Sie wiegte die Leica in der Hand, drehte sie und betrachtete sie sorgfältig von allen Seiten.

Tobias ging zum Fenster. »Sieh mal, wie stürmisch es ist! Opa hatte es mit Böe und Orkan. Auch im übertragenen Sinn. ›Pass immer auf, woher der Wind weht‹, hat er oft gesagt. Und wenn es viele runde Wolken gibt, muss ich heute noch an die heranwehenden Fallschirme denken. Das Bild kriege ich nicht aus dem Kopf.«

Liz legte die Kamera brüsk auf das Tischchen neben sich. Sie sah ernst zu Tobias hinüber. »Weißt du, Erich mochte es nicht, wie Oscar sich für die geretteten Piloten feiern ließ.«

»Warum denn nicht?« Tobias hielt inne. »Etwa, weil er in den Artikeln nicht erwähnt wurde? Schließlich war er ausgewandert. Ich glaube, Opa wusste gar nicht, was aus ihm geworden war.«

»Ich glaube nicht, dass es darum ging.« Liz' Blick lief in weite Ferne. »Wahrscheinlich hat Oscar in seinen Storys maßlos übertrieben. Erich wirkte jedenfalls sehr bitter, als die Sprache darauf kam.«

»Hast du Oscar mal danach gefragt?«

»Ich ... habe es einmal versucht. Das ging fürchterlich daneben. Er warf mir vor, ich wollte ihn nur kritisieren, so wie Erich, und das hätte er nicht verdient. Ich sollte mich gefälligst raushalten.«

»Haben die beiden denn noch mal darüber gesprochen?«

»Ich weiß es nicht *for sure*. Doch ich denke, Erich wollte mit ihm reden. Er ist ja extra einen Tag vor dem Veteranentreffen angereist, um Oscar zu sehen. Er wollte ihn nach 60 Jahren nicht in der Menge suchen müssen.«

Tobias lächelte schief. »Die große Masse wird es nicht gewesen sein. Ein paar Amerikaner, ein paar Deutsche, die nach Jahrzehnten immer noch die Zähne zusammenbeißen müssen, um an Versöhnung zu denken.«

»Deine Generation hat gut reden.« Weiter sagte Elizabeth nichts; sie drehte sich um und begann, in einer Schublade der Anrichte mit Silberbesteck zu klimpern.

Tobias kehrte ins Arbeitszimmer zurück. Etwas Unausgesprochenes stand plötzlich zwischen Liz und ihm, er konnte sich keinen Reim darauf machen. Sie schien Oscars Heldengeschichte für Prahlerei zu halten und ihm das übelzunehmen; andererseits hatte sie es viele Jahre an Oscars Seite ausgehalten. Er beschloss, das Thema für diesen Tag ruhen zu lassen.

Nachdenklich nahm er sich die untersten Regalbretter vor. Er musste das schwere graugrüne Chesterfield-Sofa beiseite rücken, um heranzukommen. Dafür waren dort die besonders wertvollen Bildbände verstaut; er freute sich seit Stunden darauf, noch einmal einen Blick hineinwerfen zu können.

Tobias ächzte; das klobige Möbelstück verhielt sich wie festgewachsen. Tatsächlich hatte er es nie an einer anderen Stelle stehen sehen; schon in seiner Kindheit hatte Opa Oscar ihn immer genau hier Platz nehmen lassen und sich dann neben ihn gesetzt, um ihm Bilderbücher oder Fotoalben zu zeigen. Das ›Enkelstündchen‹ im Arbeitszimmer war ein festes Ritual gewesen, bei dem seine Eltern unerwünscht waren.

Als Tobias die Couch schließlich einige Zentimeter vorgerückt hatte, stellte er fest, dass der Teppich darunter dunkel und unberührt lag, wie eine Ruhestätte. Neben dem Sofa waren die Fasern verbraucht und abgetreten, das ursprüngliche Muster war kaum mehr zu erkennen.

Er schob und rückte noch etwas an dem Ungetüm, bis die Lücke vor dem Regal breit genug war, um auf einem Kissen kniend davor weiterzuarbeiten. Beim Herunterbeugen fiel sein Blick auf eine helle, gewellte Pappe dicht neben dem knorrigen Sofafuß. Er griff danach: ein Foto.

Tobias hörte nicht, wie Elizabeth ihn zum Tee rief. Er vergaß die Bildbände. In seinem Kopf wütete Sturm, fegte Bilder weg wie verrottetes Laub.

Der Wind draußen hatte sich fast gelegt. Einige Löwenzahnsamen schwirrten noch suchend umher. Sie erschienen ihm riesig und unheilbringend.

Elizabeth nahm das verblichene Foto von der Lehne des klobigen Sofas. Sie musste ihre Brille aufsetzen, um zu erkennen, dass es Oscar war, der im Vordergrund stand: ein breit lachender Oberschüler, stark, triumphierend, vor einer Trophäensammlung. Hinter ihm ... sie weigerte sich zu erkennen, was sie sah. Wieder und wieder wich sie zurück ins Esszimmer, ließ das Foto liegen, das die Geschichte so unerträglich erhellte. Sie brauchte ein Dutzend Anläufe, um sich einzugestehen, dass es ermordete amerikanische Soldaten waren, die ordentlich nebeneinander aufgereiht am Boden lagen.

Das Foto musste Erich aufgenommen haben, damals, am *Black Thursday*. Jetzt wusste sie, warum er Oscar vor dem Veteranentreffen hatte sprechen wollen.

Jetzt wusste sie, was sie nie hatte wissen wollen.

Verlorener Posten

Dragunsky strauchelte. Da, ein flacher Baumstumpf, den er im gedämpften Licht des dichten Nadelwaldes übersehen hatte. Verdammt, jetzt nicht hinfallen! Er musste sich auf den Weg konzentrieren. Noch war er nicht weit von der Bundesstraße entfernt, er war nicht in Sicherheit. Bloß nicht umsehen – er musste auf Stolperfallen achten!

Die Antwort auf die Frage, wo er sich genau befand, war noch verborgen, wurde vom weißen Nebel verhüllt, der seinen Kopf durchwaberte. Er kannte diesen Abschnitt hier, ganz sicher. Er musste mindestens bis Lerbach gekommen sein, denn der Fichtenbestand des Oberharzes hatte schon begonnen. Welche von den Kurven auf der B241 hatte er genommen? War er schon an dem kleinen Parkplatz vorbei? Es war zwecklos. Sein Hirn versagte klare Auskunft. So oder so musste er zusehen, dass er Unterschlupf fand, bevor es dunkel wurde.

Waren da hinter ihm leise Stimmen? Was, wenn sich die anderen besser auskannten als er? Er setzte den Fuß behutsam auf, hielt den Atem an. Er wurde verfolgt. Doch von wem? Waren das Leute aus dem blauen SUV? Sicher wurde dieser Promi gut bewacht. Oder war es sogar Polizei?

Die Stimmen kamen nicht von hinten, sie kamen von links, vielleicht gab es da irgendwo ein Haus mit abgelegenem Schuppen, den er nutzen konnte. Dragunsky entspannte sich. Die Bäume schienen lichter zu werden: Waldrand!

Er zog vorsichtig einen herabhängenden Zweig zur Seite und spähte durch die Lücke. Da, hinter der nächsten Baumreihe, öffnete sich eine große Lichtung. Drei Häuser duckten sich an den Rand einer flachen Senke. Ein unbefestigter, aber breiter Weg führte zu ihnen. Dann sah er das Schild: *Pension Lerchensporn*. Falsch, ganz falsch. Viel zu gut erreichbar. Er musste weiter.

War es 20 Minuten her, dass er auf die Lichtung gestoßen war, oder anderthalb Stunden? Seine Armbanduhr war beim Aufprall gesplittert, die Anzeige konnte er vergessen. Wurde es deutlich dunkler, oder bildete er sich das ein? Und die Geräusche ... der Schall brach sich jetzt anders, der Wind rauschte heller, offener in den Bäumen. Hatte er wieder Waldrand vor sich?

Als Dragunsky die beiden viergeschossigen Betonquader sah, blies er die Luft aus wie ein Athlet am Ziel. Fassade schäbig, Treppengeländer schief: *Lost Places!* Er wusste, dass irgendwo vor Clausthal aufgelassene Klinikgebäude standen, um die die Geocacher und Hobbyfotografen vor ein, zwei Jahren mächtig Tamtam gemacht hatten. Inzwischen war der Hype wohl verraucht, die Häuser rotteten unbeachtet vor sich hin. Er war durch Zufall darauf zu gelaufen. Was für ein Instinkt. Was für ein Glück!

Irgendwann hatte ihm einer erzählt, die Keller der Lost Places blieben am längsten intakt. Nicht einmal das schamlose Freizeitvolk randalierte dort, um nämlich bei Regen oder Hagel selbst einen Rückzugsort zu behalten. In den oberen Stockwerken wurden oft die letzten Möbel zerfetzt und Fensterscheiben zerdeppert, angeblich, weil das als Hintergrund fürs Protzer-Selfie besser kam als ein Ort, der halbwegs zivilisiert aussah.

Dragunsky schob die massive Haustür auf. Ihre Farbe war in großen Placken angeblättert, doch sie schloss noch einwandfrei. Drinnen roch es nicht sonderlich modrig. Er beschloss, gleich den Keller anzusteuern.

Er fand einen stabilen Holzschemel vor einem massiven Bretterregal, in dem es sogar noch Konservenbüchsen gab. Es wurde immer besser! Mais hatte er gesehen und Erbsen und Corned Beef, so konnte man überleben! Doch zuerst musste er sich um die Schrammen kümmern. Jetzt, da er saß, spürte er, dass ihn das zerborstene Metall stärker gekratzt hatte als gedacht. Vor allem am Bein. Das Blut war angetrocknet, aber dennoch handelte es sich um beunruhigend tiefe Einschnitte. Vielleicht gab es hier irgendwo Klopapierrollen, sodass er die Wunden mit etwas Sauberem abtupfen konnte. Er erhob sich, wenn auch schwerfällig. Das Herumirren im Wald hatte Energie gekostet, viel Reserve war nicht geblieben.

Er fuhr zusammen und verlor fast den Halt, als er es zuschnappen hörte. Metall auf Metall. Eine Tür, vom Wind gestoßen? Nein, das war kein Klappen gewesen, eher Einrasten. Ein Schloss? Quatsch, viel zu laut. Seinen Rücken durchzuckte ein eisiger Hieb, als er verstand: Das Geräusch kam von einem Riegel, den man mit aller Macht zugeschoben hatte.

Als Dragunsky erwachte, zog es im linken Bein so stark, wie er sich immer die Wirkung eines Krokodilbisses vorgestellt hatte. Er langte hin – er langte mit der Hand zum Bein – er langte ... die Hand hing fest! Er lag. Er lag unbequem auf der Seite, irgendwie verdreht. Etwas Starkes zerrte an der Hand, hielt sie fest, ließ sie nicht zum Bein gelangen. Mit aller Kraft zog er die Augenlider auseinander ... es war, als hätte jemand sie verklebt. Er spürte etwas in seiner Brust krachen, wie gegen die Herzwand donnern, er spürte es bersten ... platzen ...

»Der rührt sich, was?«

Die Stimme klang flach, als hätte sie keinen Resonanzraum, dabei auch metallisch. Ein scheppernder Husten folgte. Ein kurzes Scharren, wie Stuhlbein auf Linoleum.

»Was machen wir'n jetzt?« Das war eine zweite Stimme, zweifelsfrei männlich, weniger dünn als die erste.

Stille. Ein Husten, verhalten. Ob von Nummer eins oder zwei, konnte Dragunsky nicht sagen.

Er hatte die Lider voneinander lösen können, wenn auch nur für einen schmalen Schlitz. Alles was er sah, war schmutzigweißer Putz.

»Hajo!« Das war wieder Eins, eindeutig. Husten. Wahrscheinlich hatte er sich beim Rufen des Namens verausgabt.

Dragunsky hörte Schritte tapsen, etwas knarrte. Er spürte einen kraftlosen Lufthauch.

»Bin gleich zurück.« Die andere Stimme klang entfernter. Nummer zwei war aus dem Zimmer gestakst.

Pause. Stuhlbein. Pause.

Dann Eins: »Was machen wir'n mit dir?«

Dragunsky spürte ein Tippen an der Schulter. Er wollte die unbekannte Hand abschütteln, wollte sie mit einem Streich wegwischen. Doch ...

Mit einem Schlag war Dragunsky wach. Was seine Hände festhielt, seine Arme fixierte, war eine Zwangsjacke! Er konnte sich nicht weit genug umdrehen, um seinen Wärter zu sehen, mit dem er offenbar allein im Raum war. Sie hatten ihn eingesperrt! Wo war er? War der Keller, an den er sich zu erinnern meinte, real?

»Hattest 'n Unfall, was?«

Dragunsky schwieg lieber. Er wollte nichts von sich preisgeben, nachher verriet er sich noch.

»Wieso biste nich' ins Krankenhaus?«

Der Mann hustete erneut. Dragunsky wäre gern von ihm abgerückt.

»Hast doch nich' etwa gedacht, das hier wär eins?«

Dragunsky ging die Frage durch den Kopf, ob er einfach einen improvisierten polnischen Wortschwall loslassen sollte. Er beherrschte die Sprache seines Vaters zwar nicht gut, doch der Wärter würde ihn vermutlich nicht verstehen, vielleicht gäbe er dann Ruhe. Andererseits ...

»Binden Sie mich los. Ich muss pinkeln!« Er war froh, dass er sich in letzter Sekunde fürs Deutschsprechen entschieden hatte, denn ihm dämmerte, dass er auf den Mann angewiesen war. Wie viele Komplizen er wohl hatte? Und wo die wohl waren? Irgendwo mussten mehr Leute sein als diese Gestalt und der Mann namens Hajo, denn immerhin mussten sie ihn überwältigt und hergeschleppt haben. Hier war es hell, dies war nicht der Keller.

Dragunsky hörte wieder Stuhlbeine scharren, dann zwei, drei schleppende Schritte hinter sich, plötzlich nahm er einen muffigen Geruch wahr. Die ausgebeulte Knieregion einer beigen Trevira-Hose schob sich in Sichtweite. Dragunsky hob leicht den Kopf. Nummer eins hatte ein schmales Gesicht, die Haut war fahl und faltig.

»Musst du noch'n Augenblickchen warten«, sagte der alte Mann. »Bin doch nich blöd und mach dich allein los.«

»Was fällt Ihnen ein, mich hier gefangen zu halten?!«

Dragunsky hatte in einem Selbstverteidigungskurs gelernt, dass man Peiniger nicht duzen durfte. Man sollte so deutlich es ging Abstand halten, auch mit Worten. Der Kurs war zwar lange her – als er noch Sportarten mit eigenem körperlichen Einsatz betrieben hatte –, doch das galt bestimmt immer noch.

»Was uns einfällt? Bürschchen!« Der Alte hatte seinen Stuhl schwerfällig um Dragunskys Lager herum geschoben, sodass er jetzt in seiner Blickrichtung saß. »Was fällt dir denn ein? Hier einzudringen! Und uns womöglich die letzten Konserven wegzufressen, was?«

In Dragunskys Kopf ratterte es, das hinderte ihn am Sprechen.

Nummer eins wiegte bedächtig den Kopf. Dann lehnte er sich abwärts, um dem Liegenden in die Augen zu sehen. »Du versteckst dich doch. Oder?« Er deutete auf die Schnittwunde am Bein. »Das ist bestimmt nicht beim Rasenmähen passiert, was?«

Wieder hustete der Alte. Dragunsky konnte es nicht länger übergehen. »Was für eine Krankheit haben Sie denn, verdammt nochmal?!«

»Na, was glaubste wohl? Für Heuschnupfen isses 'n bisschen stark, was? Ich nenn es den Friedhofsjodler.«

Dragunsky erstarrte. Es hätte ihm gleich klar sein müssen. »Covid-19.«

Eine Tür knarrte, Schritte näherten sich. »Hajo, denk mal«, sagte Nummer eins. »Wir haben hier'n ganz gewieftes Kerlchen.« Er hüstelte, diesmal klang es herbeigeführt. »Er tippt darauf, dass ich Corona habe.«

Der andere Mann, jetzt dicht hinter Dragunsky, lachte heiser. »Der kriegt den Nobelpreis für Logik. Schade, dass er die Preisverleihung nicht erleben wird.«

»Was zum Teufel ...« Dragunsky verstummte. Würden sie ihn etwa gezielt infizieren? Hatten sie das schon getan? Das Bett, die Zwangsjacke...

»Bitte«, entfuhr es ihm, »bitte – was wollen Sie von mir?«

Statt zu antworten, nuschelten die Männer. Es klang kraftlos, resigniert. Dragunsky verstand einzelne Worte, »Tee«, »Fleisch«, »Spritze«. Wieder schlurfte etwas über den Fußboden.

Dragunskys Bein begann zu zittern.

War er jetzt allein? Nein, er hörte es atmen. Beschwerliches Atmen, als würde der Luftstrom durch einen engen Tunnel aus Schmirgelpapier gepresst.

»Hast du ihn endlich erwischt, Hajo?«

Die Pause vor diesen Worten war so lang gewesen, als habe den Sprecher die Entscheidung, ob die Frage lohnte, große Mühe gekostet.

»Ach, Werner.« Hajo seufzte. »Er war schon wieder weg. Wie immer. Ich habe nur dies hier.«

Dragunsky hörte Papier rascheln. Eine Zeitung?

Nummer eins, Werner, murmelte: »Illegales Autorennen auf der Bundesstraße. Minister Schwarzkopf schwer verletzt.«

Dragunsky stöhnte auf.

Niemand reagierte.

Das Bein fühlte sich kalt an.

»Wir müssen den Austräger zu fassen kriegen«, sagte Hajo und seufzte. »Ich versuche, irgendwo einen Wecker für morgen aufzutreiben. Der Kerl ist unsere einzige Chance.«

Wie dieser Hajo wohl aussah? Bestimmt nicht so ausgemergelt wie der andere, dachte Dragunsky. Er klang entschlossener, er hatte noch Kraft.

»Warte mal.« Werner schien etwas klären zu wollen. »Das auf dem Foto, das ist doch der Kerl, der neulich hier war, was? Dieser Minister ...«

»Verdammt, lassen Sie mich aufs Klo!« Dragunsky versuchte an den Ärmeln der Jacke zu rütteln. Es war zwecklos, sie hatten ihn fest verschnürt. »Ich pisse sonst alles voll!«

»Okay, dann müssen wir dich schön dicht unterhaken, damit du dich nicht verläufst, was«, sagte Werner und hustete vorsätzlich. »Oder, Hajo? Das machen wir doch gern.«

Dragunsky musste an düstere Szenen in Edgar-Wallace-Filmen denken. »Ich – also ... ich kann doch allein gehen ...« Er merkte selbst, wie verschreckt er klang.

Die Männer lachten rau.

»Wir haben dich nicht aus'm Keller hierher geschleppt und verlieren jetzt die Kontrolle.« Das war Werner. »Lieber lassen wir dich im Liegen pinkeln, was, Hajo?«

Hajo hatte einen zweiten Stuhl herangezerrt und saß nun einträchtig neben seinem Spießgesellen, sodass Dragunsky einen Teil von ihm sehen konnte. Er hatte ein kantiges Gesicht mit forschem Kinn und wachen blassblauen Augen, die seinen Gefangenen abschätzten.

»Wir gehören zu den letzten vier Überlebenden«, sagte Hajo, an Dragunsky gewandt. »Und wir haben nicht vor, einem Eindringling unkontrollierten Zutritt zu verschaffen. Nicht, solange die Chance besteht, dass der Zeitungsausträger uns eines Tages die Rettung bringt. Er ist der einzige, der noch hierher kommt. Der Rest der Welt hat uns aufgegeben.«

»Sie versuchen zu überleben, bis jemand Sie hier rausholt?« Dragunsky war erschüttert.

»Aussichtslos, wie?« Hajo beugte sich vor, er roch säuerlich aus dem Mund. Bedächtig löste er die Bänder der Zwangsjacke, brummte. »Kann man schon glauben, wenn man die Toten im zweiten Stock sieht. Alle schön nebeneinander wie in einer Auslage.«

»Die ... was?!« Dragunsky keuchte, rieb sich die schmerzenden, halb tauben Arme. Er schluckte hart und trocken. »Hier sind Leichen im Haus?«

»Ja, glaubst du, die können wir alle im Garten vergraben?« Werner röchelte.

Dragunsky kam kaum zum Stehen, sein linkes Bein versagte den Dienst. Er war fast froh, als Hajo und Werner ihn fest untergehakt durch den Raum führten, in dem er jetzt sechs verlassene Pflegebetten sah. Sie passierten die leise knarrende Tür, die Hajo mit dem Ellenbogen aufstieß, und hangelten sich einen dunklen Flur entlang. An dessen Ende befanden sich auf der linken Seite die Herrentoiletten.

Hajo knipste Licht an. Von den drei Deckenlampen wurde noch eine hell, doch sie bibberte wie ein verschreckter Hausgeist und würde vielleicht nicht mehr lange durchhalten.

»Verpiss dich nicht!« Werner lachte so rasselnd, dass das Echo wie ein Widerhall aus tausend Zombie-Kehlen klang. Die Klofenster waren mit Schlössern verhängt.

Auf dem Rückweg ließ sich Dragunsky ohne nachzudenken von beiden Männern in die Mitte nehmen. Sie hatten vor der Klotür auf ihn gewartet. Der Weg wurde lang und länger, Werner und Hajo waren erbarmungswürdige Stützen. Hätte Dragunskys Bein nicht gestreikt, hätte er sie weggestoßen, was ihn nicht viel Mühe gekostet hätte.

»Wie haben Sie mich aus dem Keller hier hoch transportiert?«, wollte er wissen.

»Tja«, machte Hajo. »Man ist nicht umsonst Arzt gewesen und weiß mit Spritzen umzugehen. Und mit mehreren kriegt man selbst in unserem ...« – er räusperte sich – »... in unserem Zustand einen wehrlosen Körper zum Aufzug geschleppt.«

Sie saßen zu dritt in dem Bettenzimmer, Hajo und Werner auf ihren Stühlen; Dragunsky kauerte auf der Liege. Er betastete sein verletztes Bein. »Ihr seid Corona-Gespenster. Wer sind die anderen beiden? Gibt es noch wen vom Pflegepersonal?«

Werner hatte wieder die Zeitung am Wickel, er raschelte damit. Er antwortete nicht auf die Frage, statt dessen schien ihn selbst etwas zu beschäftigen. »Du kennst den Minister Schwarzkopf, was?«, sagte er an Dragunsky gewandt und stocherte mit einer Zeitungsseite vor seinem Gesicht herum. »Hast du vielleicht was mit seinem Unfall zu tun?«

Dragunsky schluckte. Wieso kam dieser abgewrackte Werner ihm auf die Schliche? Sah er ihm die Leidenschaft für Autorennen etwa an?

»Wie kommst du auf sowas?«, entgegnete er brüsk. Er registrierte seinen Umschwung vom Siezen zum Duzen nicht.

»Hm.« Werners Augen waren wie von Schlieren überdeckt. »Einfach eine Vermutung.«

Dragunsky wachte wieder auf. Er musste eingenickt sein. Gerade als er den Kopf hob, brachte Hajo ein Tablett an. Werner kauerte auf dem Stuhl neben seiner Liege. Sie gaben ihm einen Napf kalter Erbsen, dazu ein Senfglas mit lauwarmem Bier.

»Trink!«, sagte Hajo.

»Iss!«, sagte Werner und reichte ihm eine Kuchengabel.

»Wieso teilt ihr plötzlich eure Vorräte mit mir?«, fragte Dragunsky.

»Wir sind nur noch zu dritt«, sagte Hajo. »Da reichen die Konserven. Bis der Zeitungsausträger Hilfe geholt hat.«

Dragunsky hielt inne. »Und wieso holen wir nicht selbst Hilfe?« Er musste hier raus, er würde sich sogar mit dem kaputten Bein bis nach Clausthal schleppen, und wäre es auf Knien. Er setzte das Näpfchen mit den Erbsen an den Hals; er gierte nach Nahrung, nach Kraft.

»Zu weit weg«, hauchte Werner. »Und hier ist kein Empfang mehr.«

»Kein Telefonnetz, kein Internet«, ergänzte Hajo. »Irgend so'n elektrischer Kasten funktioniert nicht, und seit dem Lockdown kommt keiner zum Reparieren. Wir sind nur noch ein weißer Fleck auf der Karte.«

Lange sagte niemand etwas, Dragunsky stellte den Napf ab. Dann fuhr Hajo fort: »Wir sind auf verlorenem Posten. Vor Corona konnten wir uns wenigstens noch was vormachen.«

»Wie denn?« Dragunsky unterdrückte ein Aufschluchzen.

Hajo schluckte. »Wir sind die Nutzlosen, die die Gesellschaft vergessen will. Also ab mit uns in den letzten Winkel. Friedliche Stille, ha! Doch dann kommen welche an und sagen, sie wollen unsere Lage verbessern. Wie gern haben wir das geglaubt!«

Dragunsky schniefte so diskret wie möglich. »Wer denn? Wer kam da?«

Werner antwortete nicht direkt. Er raschelte wieder und wieder mit dem dünnen Zeitungspapier. »Den Minister hat's zerhutzt, was? Dabei hat er neulich noch großspurig von seinem Seniorenprogramm geschwafelt.«

»Ihr mögt diesen Minister nicht, oder?«, flüsterte Dragunsky.

»Nein, absolut nicht.« Das kam von Hajo. »Er hat Covid-19 bei uns eingeschleppt.«

Werner hatte die Zeitung zu seiner Zufriedenheit gefaltet, sodass der fragliche Artikel obenauf lag.

»Er hat ... was?« Dragunskys Gedanken taumelten. Es fühlte sich kurz wie Aufwind an, so als erhielte das, was er auf dem Gewissen hatte, im Nachhinein einen Sinn.

»47 Tote«, konstatierte Hajo. »Jedenfalls bald. Bis vor ein paar Stunden waren wir vier, die noch krauchen konnten. Fünf mit dir.«

»Und die beiden anderen sind jetzt ...« Dragunsky fand keine weiteren Worte.

»Krrrk.« Werner vollführte eine knappe Geste mit der Hand an seinem Hals. Er röchelte. »Dauert nicht mehr lange.«

»Wie könnt ihr sicher sein, dass dieser Schwarzkopf das Virus eingeschleppt hat?« Dragunsky musste es einfach wissen.

»Zwei Wochen nach seinem Besuch ging das große Husten los«, sagte Hajo. »Und wir hörten die Pfleger reden, wer mit dem Schwarzkopf an einem Tisch gesessen hätte und wer bei der Hausführung neben ihm gegangen wäre.«

»Und wo sind die Pfleger jetzt?« Eigentlich kannte Dragunsky die Antwort.

»Weg. Ein paar Tage später erschien keiner mehr zu Arbeit.«

»Wir fanden in der Küche einen Zettel.« Werners Worte gingen in heiseres Krächzen über. Er sah störrisch aus dem Fenster. Dann schluckte er mehrmals. »Auf diesem Zettel stand, welche Vorräte noch im Keller sind und ...« Werner suchte in den Taschen seiner Steppweste nach irgendwas, dann klopfte er die Hosentaschen ab. Plötzlich hielt er inne und sah Dragunsky an. »Was hast du eigentlich mit dem zu schaffen?«

»Ich – ich ... ich habe ihn gestoppt. Auf der B241 vor der engen Kurve.«

»Also wirklich ein Autorennen«, sagte Hajo und sah geistesabwesend auf seine gefalteten Hände.

»Mein Sport«, sagte Dragunsky.

»Ziemlich gefährlich«, sagte Hajo. »Na, hast ja überlebt.«

Werners Lachen erstickte schnell. Unbeholfen zerrte er einen Zettel aus der Brusttasche seines Hemdes, nachdem er die Weste mit klammen Fingern ein Stück über die Schulter zurückgeschoben hatte.

Er breitete das Papier vor Dragunsky aus.

›Lebensmittel im Keller‹, stand in feinsäuberlicher Handschrift über einer Aufzählung von Konserven und Getränken. Die Liste schloss mit den Worten: »Toi toi toi!«

Digitales

Henn legte die Kabel fein säuberlich nebeneinander auf den Schreibtisch, den er schon sorgfältig abgewischt hatte.

»Was machst du da?!«, fauchte Patrick. Henn fuhr zusammen. Er hatte seinen Vorgesetzten nicht kommen hören, und nun stand der plötzlich in der Tür.

»Ich mache sauber!«

Henn sah vorwurfsvoll zu dem großen Mann im frisch gebügelten Kittel hoch. Das war wieder typisch! Ließ sich kaum blicken, aber wenn, dann schimpfte er gleich los. Kannte die Arbeit gar nicht. War schließlich nicht jeden Tag hier und bekam mit, wo sich der Staub am liebsten absetzte!

»Aber du kannst doch nicht die Kabel abschrauben!«

»Doch, Henn kann das!«

Ha! Da konnte man mal sehen, was Patrick alles nicht wusste. Das lag bestimmt daran, dass er so selten hier war. Er, Henn, hatte das ganz vorsichtig ausprobiert, jeden Tag hatte er ein kleines Stückchen weiter gedreht an diesen merkwürdigen hervorstehenden Schrauben links und rechts neben dem dicken Plastikknubbel, in dem das schwarze Kabel verschwand. Heute hatte sich das ganze Ungetüm von der Rückseite des Bildschirms abgelöst. Endlich konnte er es gründlich sauberwischen! Damit es sich lohnte, hatte er auch die anderen Kabel abgezogen, vom Bildschirm, vom Drucker und vom Computer, denn dann brauchte er sich nicht unter die Schreibtische zu bücken und die ganzen Kurven und Biegungen, die die Kabel machten, mit dem Lappen nachzufahren. Obwohl sie ihn immer ein bisschen an Lakritzschnüre erinnerten, die er so mochte, hatte er sich noch nicht getraut, einmal probehalber hineinzubeißen.

»Und wer macht die wieder dran?!«

Patricks laute Stimme riss Henn aus dem Tagtraum. Ja – darum sollte er sich auch noch kümmern, oder was? Er zuckte mit den Schultern, drehte Patrick den Rücken zu und griff sich den Lappen, den er eben vor Schreck losgelassen hatte.

»Henning Spillner!« Patrick fasste ihn am Oberarm. »Wenn ich mit dir rede, guckst du mich an, klar!«

»Weg da!«

Das brauchte er sich nicht gefallen zu lassen, das hatte Mutti ihm genau erklärt. »Pack mich nicht an, sonst schreie ich. Dann kommt die Polizei und sperrt dich ein!«

Ein Typ im Rollkragenpullover und mit eckiger Brille erschien auf dem Flur. Er kam aus dem Nebenzimmer, glaubte Henn. »Alles in Ordnung?«, fragte er und steckte den Kopf zur Glastür herein. »Braucht jemand Hilfe?«

»Schon gut«, knirschte Patrick, »ich hab alles im Griff.« Der Brillenmann zog ab, und Patrick schnaubte böse.

Dann kam Fifi aus Henns Gruppe angetapst und wollte von Patrick wissen, ob es stimmte, dass sie die Fensterbänke nur noch zweimal pro Woche putzen sollten. Fifi redete wie immer ziemlich laut. Patrick sagte, er wolle das mit ihr woanders besprechen, und die beiden zogen ab.

Henn war froh, nun konnte er in Ruhe weiterarbeiten. War ihm doch schnuppe, wer die Kabel wieder anschraubte! Das waren doch alles Fachleute hier. Und er hatte schließlich noch nichts kaputtgemacht, seit er hier arbeitete, auch wenn Mutti immer sagte: »Digitales kann weg.«

Aber wie diese Lakritzschnur-Kabel da so appetitlich aufgereiht lagen: vielleicht sollte er doch mal …?

Patrick stand im Büro neben dem Wirtschaftsraum und telefonierte. »Ich will diese Hohlbirne hier nicht mehr haben«, rief er in den Hörer. »Der kann woanders eingesetzt werden, wo keine Elektronik ist. Aber nie und never im Informatikinstitut! Nein, auch nicht in den Vorlesungsräumen! Glaubst du vielleicht, da gibt's keine Kabel? Was meinst du denn, wie Präsentationstechnik heutzutage aussieht?« Wieder schnaubte er.

Dann wedelte er aufgeregt mit der Hand. »Nein, und nochmal nein.«

Jetzt verstellte er die Stimme und redete hoch und langsam. »*Doch, Henn kann das.* Diese Flachpfeife ist ja nicht mal in der Lage, den eigenen Namen auszusprechen.«

Henn, der in den Wirtschaftsraum geschlichen war, weil er ein Pflaster für die schmerzenden Zähne brauchte, hatte Patricks Worte gehört. Beim letzten Satz war er zusammengezuckt. Dann musste er wieder an Muttis Worte denken. »Digitales kann weg.«

Als Henn nach Hause kam, war Mutti im Garten. Natürlich, wo sonst. Sie hatte die Schubkarre mit gelbem Blumenzeugs vollgeladen und konnte sie natürlich wieder nicht allein bergauf schieben. Es war immer dasselbe. Sie war aber auch unvernünftig!

»Ich brauche eben eine Menge Arnika für meine Salben«, sagte Mutti.

Henn staunte immer wieder, dass Mutti so viele Pflanzen mit Namen kannte. *Arnika.* Was für ein schöner Klang! Fast wie Annika. Henn vermisste Annika manchmal, seine frühere Kollegin aus der Wäscherei, sie war immer lieb und freundlich zu ihm gewesen. Auch Arnika war etwas Gutes. Er, Henn, hatte Muttis Salbe damals als Erster ausprobieren dürfen, und die hatte ganz toll gegen seinen Bluterguss geholfen.

Mutti liebte manche Pflanzen wie Arnika und Frauenmantel, und andere, wie Bärlauch und Hirtentäschel, hasste sie. Henn wusste nicht genau, warum, aber Mutti war ja auch eine *weise Frau,* und nicht jeder konnte so viel wissen wie sie, sonst wäre sie nichts Besonderes, das hatte sie ihm erklärt.

Mutti wusste auch sonst, was richtig war. Wer ihn, Henn, anfassen durfte und wer nicht. Was er sich sagen lassen musste und was nicht. Was wo wachsen sollte und was besser nicht. Was einen guten Tee ergab und was nicht. Welches Kraut in die Kräuterbutter gehörte und welches nicht. Was weg musste und was bleiben konnte. Was gut war und was schlecht.

Ihm schwirrte der Kopf. Eigentlich war es echt cool, dass Mutti so viel wusste, dann konnte er sie immer fragen und musste sich nicht alles selbst merken. Aber manchmal – manchmal war Mutti gar nicht da, wenn er eine Antwort brauchte.

Ob das vorhin in Ordnung gewesen war? Er glaubte schon, dass er Mutti richtig verstanden hatte, als sie neulich was dazu gesagt hatte. Aber sein Gefühl vorhin, das war eigenartig gewesen.

›Verheerendes Feuer im Informatik-Institut der TU Clausthal!‹, meldete die Goslarsche Zeitung am nächsten Tag. ›Fahndung nach unbekannten Tätern läuft auf Hochtouren!‹

Patrick, verantwortlicher Objektleiter, kaute auf der Unterlippe. »Ich glaube, ich weiß, wer das war«, sagte er und stöhnte. »Henning Spillner, der war gestern total aggressiv, dem traue ich das zu.«

»Was, Henning?«, fragte Fifi, wie immer sehr laut. »Er ist doch der Sohn von der Fingerhutfrau.«

Patrick blickte auf. »Was heißt denn hier ›Fingerhutfrau‹?«

»Na, Fifi meint die Kräuterfrau aus dem Innerstetal«, erklärte Doris, Fifis langjährige Kollegin. »Die redet den ganzen Tag über Digitalis.«

Die zehnte Besichtigung

»Ich kenne Sie doch irgendwoher.«
Alina Andruschka streifte Schmoll mit flüchtigem Blick, wie er das kannte. »Habe ich Ihnen schon mal eine Wohnung gezeigt?« Sie wartete seine Antwort nicht ab. »Hier in der Anlage?«
»Ja, und zwar – «
Die Maklerin ließ ihn nicht ausreden. »Ja, wir müssen dann auch ein bisschen Gas geben, Herr ...«
»Schmoll.«
»Gut, kommen Sie, kommen Sie, Herr Scholz, die nächsten Interessenten sind gleich da.«
Sie pries die Vorzüge der winzigen Küche (»Hier kommt man schnell überall ran.«), bevor sie ihn ins Wohnzimmer drängte. Schmoll blieb vor der Terrassentür stehen, um sie zu öffnen.
»Kommen Sie, kommen Sie, ich muss Ihnen auch noch Keller und Tiefgarage zeigen.«
»Nein, den Keller kenne ich. Aber mich interessiert die Terrasse. Schließlich ...« Er machte sich an dem Hebel, der die Tür anhob, zu schaffen. »Mannomann, der klemmt aber!«
»Ja, ja, Herr ...«
»Schmoll.«
»Herr äh ..., das ölen Sie ein bisschen, und schon öffnet sich der Eingang zum Paradies für Sie!« Ihr Lächeln hatte etwas Krampfhaftes. Sie trat einen Schritt auf die Tür zu, lugte hinaus und seufzte. »Ist das Beet nicht herrlich angelegt? Zu jeder Jahreszeit blüht etwas, sehen Sie, sogar jetzt im Winter die Hamamelis.«
»Ja, das ist schön. Ich möchte mal rausgehen.«
»Jetzt nicht, Herr Schmelz, jetzt nicht. Das können wir gegebenenfalls bei der zweiten Besichtigung machen, doch jetzt ist es meine Aufgabe, Ihnen einen Überblick zu verschaffen.«
»Aber den Keller, wie gesagt ...«
»Nun bewundern Sie doch erst mal das Bad!«
Er fand es gut: Nicht groß, aber pfiffig aufgeteilt, ausgestattet mit Marmorfliesen, barrierefreier Dusche und sogar Badewanne.

»Das einzige, was hier fehlt«, bemerkte Schmoll, und sein Augenlid begann zu zucken, »ist ein Fenster.«

»Ach – das ist überhaupt kein Problem! Sehen Sie, hier – halten Sie mal die Hand vor den Ventilator. Der hat mehr Kraft als genug.«

»Aber trotzdem, so ganz ohne Fenster ... Ist ein bisschen wie ein Verlies, oder?«

Sie zuckte die Schultern und drehte sich um.

»Das Schlafzimmer.« Sie öffnete ihm die Tür, betonte, dass außergewöhnlich viel Platz für einen Schrank sei, dann komplimentierte sie ihn wieder hinaus. »Den Keller, sagten Sie, wollen Sie gar nicht sehen? Das ist gut, da draußen warten nämlich schon die Nächsten.«

»Aber die Tiefgarage möchte ich sehen. Zeigen Sie mir bitte den Parkplatz, der zu dieser Wohnung gehört.«

»Nun, wie Sie wollen.« Andruschka seufzte vernehmlich. »Aber tragen Sie sich bei Interesse –«, sie sah ihm abschätzend ins Gesicht, »nur bei *ernsthaftem* Interesse! – in diese Liste ein. Wir kommen nicht noch einmal her.«

Schmoll notierte seine Kontaktdaten sorgfältig auf dem bereitgelegten Blatt, wobei er einen interessierten Blick auf die anderen Namen warf.

»Herr Schnull? Sie noch einmal? Erdgeschoss, und jetzt vierter Stock?«

Schmoll nickte. »Ich weiß ja, wie groß das Interesse an den Wohnungen in dieser Anlage ist. Da habe ich mich sicherheitshalber für beide Besichtigungen angemeldet. Falls es mit der einen Wohnung nicht klappt, dann vielleicht mit der anderen.« Sein Augenlid flackerte.

Andruschka musste Abstand halten – der Mann roch! Offenbar hatte er sich vor diesem Termin nicht umgezogen. Vielleicht war ihm gar nicht bewusst, dass er ein Schweißproblem hatte.

Diesmal protestierte sie nicht, als er die Balkontür öffnete. Frischluft! Sie beobachtete den Mann vom Wohnzimmer aus. Er rüttelte am Balkongitter, bückte sich und fummelte am Bodenbelag herum.

Sie sah auf die Armbanduhr. Bis jetzt war sie zeitlich im Rennen geblieben, aber diese Besichtigung würde ausufern, das spürte sie. Doch sie hatte keine Energie übrig, um den Mann zu drängen. Im Akkordtempo hatte sie insgesamt 19 Interessenten durch die beiden Wohnungen geschleust. Sie musste eigentlich noch einmal ins Büro, ein bisschen Statistik eingeben, doch vielleicht würde sie sich das schenken. Immerhin war heute Samstag, und auch wenn sie nichts geplant hatte – ein wenig Füße hochlegen, vielleicht beim Lieblingsitaliener Essen bestellen, das hatte sie sich verdient.

Auffallen würde ein fehlender Bericht sowieso erst Mittwoch, wenn das Team-Meeting vorbereitet wurde. So könnte sie den Rest des Wochenendes in Ruhe ohne Mann und Mäuse genießen, zum Glück waren die drei schon im Weihnachtsurlaub, während sie noch bis kurz vor Heiligabend arbeitete.

Der ungewaschene Mensch klopfte die Trennwand zum Nachbarbalkon ab ... Moment, diese Gestik, die hängenden Schultern kamen ihr bekannt vor. Nur: woher?

»Sagen Sie, die wievielte Wohnung ist das eigentlich, die ich Ihnen zeige, Herr ...? Wissen Sie das zufällig?«

Er unterbrach seine Prüfung und trat auf sie zu. Kam viel zu dicht heran, der kalte Schweiß roch streng. »O ja, das weiß ich genau. Nicht nur zufällig.« War da ein drohender Unterton? »Es ist die zehnte Besichtigung mit Ihnen. Ein kleines Jubiläum, sozusagen.« Er lachte unfroh. »Und deshalb finde ich, es ist an der Zeit —«, er maß sie mit hartem Blick, »dass Sie endlich meinen Namen kennen!«

»Entschuldigung, ja, Sie haben Recht ... « Andruschka war froh, dass sie einen Grund hatte, sich umzudrehen. Sie wandte sich dem Sessel zu, über den sie ihre Jacke und die Tasche mit den Papieren gehängt hatte. Sie blätterte in der Tagesmappe. »Ja, natürlich, Herr Schmoll. Ich bitte nochmals um Verzeihung. Es sind so viele Interessenten am Tag ...«

Schmoll, Schmoll ... War da nicht irgendwas gewesen mit einem Schmoll? Er wohnte nicht weit weg von hier, wenn sie dem Eintrag in der Liste trauen konnte. Schmoll, Goethestraße ... nein, sie kam nicht darauf, es war wohl schon länger her. Falls sie sich nicht sowieso täuschte.

Während er die Fensterdichtungen im Wohnzimmer einer eingehenden Sichtung unterzog, fiel ihr etwas auf: Goethestraße, das war sozialer Wohnungsbau, da lebte man nicht, wenn man Geld hatte! Wahrscheinlich konnte er sich überhaupt keine Immobilie in dieser Anlage leisten. Na warte, Freundchen! Seinetwegen würde sie den Feierabend nicht endlos hinausschieben.

»Möchten Sie diesmal den Keller sehen, Herr Schmoll?«

Er lachte rau. »O ja. Allerdings.«

Der Mann wurde ihr immer unangenehmer. Sie wuselte unter dem Vorwand, den Schlüssel suchen zu müssen, in ihrer Handtasche und rief dabei auf dem Smartphone die Notruf-App auf. Im Falle eines Falles würde sie nur einmal klicken müssen – sicher war sicher.

Er leuchtete den Kellerverschlag, der zur Wohnung gehörte, gründlich mit seiner Taschenlampe aus. Andruschka blieb auf dem Flur stehen. Nachdem er auch Wasch- und Fahrradkeller inspiziert hatte, atmete sie auf. Beim Gedanken an die Kellerbesichtigung war ihre Fantasie mit ihr durchgegangen. Doch er hatte nicht versucht, sie einzusperren.

»Ja dann: auf Wiedersehen, Herr Schmoll, und schönen Abend!«

Schmoll schüttelte den Kopf. »Ich muss noch mal in die Wohnung. Habe meine Tasche vergessen.«

Sie stiegen in den Fahrstuhl. »Sie haben übrigens auch einmal meine Wohnung vermittelt«, sagte Schmoll. »Erinnern Sie sich nicht?«

»Nein, wie gesagt ... es sind so viele.«

Sie waren in der Etage angekommen. Andruschka eilte durch den Flur und schloss die Wohnungstür auf. »Bitte.«

»Und das Geschäft lohnt sich, was?« Schmoll lachte ebenso freudlos wie vorhin. Sein Augenlid zuckte unaufhörlich. »Besonders wenn man eine Zwangsversteigerung herbeiführt und die Immobilie selbst zum Schnäppchenpreis einkauft.«

Die Maklerin fuhr herum. Das war es! »Haben Sie ... Ihr Haus ... Ihre Wohnung ... o Gott, es tut mir leid.«

»Es tut Ihnen leid? Wer's glaubt!« Schmoll stand so dicht neben ihr in der Diele, dass die Handtasche mit dem Smartphone zwischen ihnen eingeklemmt war. Hatte er ihren Blick bemerkt? Er trat einen Schritt zur Seite und griff nach der Tasche. Dann schob er sie ins Badezimmer.

»Hier! Hier standen wir, als Sie gesagt haben, dass der Preis noch weiter runtergehen muss. Weil es kein Tageslichtbad ist!«

»Da-das war ...« Andruschka schluckte. »Dies war Ihre Wohnung?«

»Ja, das war Sie. Bis ein Herr Böttcher von der Bank mir wegen ein, zwei fehlender Darlehnsraten auf die Pelle gerückt ist. Der hat die Schlinge zugezogen, und dann ...« Schmoll stank nicht mehr nur nach kaltem, sondern auch nach frischem Schweiß, »dann trat ganz schnell eine gewisse Maklerin auf den Plan – und gab mir den Rest!«

Schmoll knirschte mit den Zähnen. »Ich kam erst später dahinter, dass Böttcher Ihr Mann ist. Wegen der verschiedenen Nachnamen. Und den nächsten Eigentümer haben Sie auch schon wieder gemeinsam rausgesetzt, was?«

Die Maklerin war bleich geworden. »Jetzt lassen Sie uns doch vernünftig über die Sache reden.« Sie begann zu zittern. »Es wird sich sicher ein Weg finden ...«

Schmoll hatte den Türschlüssel abgezogen. Er fletschte die Zähne. »Übrigens, heute ist noch ein Jubiläum. Die Zwangsversteigerung ist genau ein Jahr her.«

Alina Andruschka sah Schmoll flehend an. »Was haben Sie vor? Ich ...«

Er schubste sie gegen die Badewanne und war im gleichen Atemzug aus dem Raum. Die Tür fiel hart ins Schloss.

Die fehlenden Fenster in den Bädern dieses Wohnungstyps waren ein ernsthafter Mangel.

Pack aus

Tammo Hünold zog das Martiniglas mit einer hastigen Geste von den Lippen. »Mach uns noch 'ne Runde fertig, Mausi,« knarzte er, bevor er wieder ansetzte und geräuschvoll den Rest schlürfte. Er donnerte sein Glas auf den Tisch.

Sein Sitznachbar und wichtigster Geschäftspartner tat es ihm nach. Da beeilten sich auch die anderen Männer, der stellvertretende Vorsitzende der Kreisjägerschaft, der Besitzer des teuersten Reitstalls im Land, der Vorsitzende der Kreishandwerkerschaft sowie zwei hochrangige IHK-Funktionäre, ihr Glas zu leeren. Der Reiter zog die Augenbrauen hoch. Er war zum ersten Mal mit von der Partie und kannte Tammos Tempo noch nicht.

›Mausi‹, mit Klarnamen Désirée Hünold, seufzte kaum hörbar. Sie fingerte das blitzende Chromtablett vom Tresen, huschte um die Ecke der imposanten Bar und beeilte sich, die gebrauchten Cocktailschalen abzuräumen. Die grünen, leicht bitteren Oliven hatte sie bereits, wie Tammo es schätzte, paarweise aufgespießt und fein säuberlich auf ein Tellerchen gestapelt. Sie hatte auch eine zweite Garnitur der klassischen Cocktailgläser besorgt – heute sollte ihr Mann keinen Grund haben, sie wegen zu langen Wartens auf den Nachschub vor allen Leuten anzuherrschen.

Tammo beachtete sie gar nicht. Er war aufgekratzter Stimmung. »Diesmal wollte ich den Herren zu meinem Geburtstag etwas ganz Besonderes bieten.« Er blickte in die Runde. »Deshalb gibt es nicht wieder Mausis Bouillabaisse und Coq-au-vin.«

»Wie schade!«, platzte der Kreishandwerker heraus. Er kannte den Gastgeber eigentlich gut genug, um zu wissen, dass der jetzt begeisterte Bestätigung erwartete, hatte sich jedoch nach anderthalb starken Martini nicht mehr hundertprozentig im Griff. »Ich hatte mich das ganze Jahr auf die Bouillabaisse gefreut.«

Tammo feuerte einen tadelnden Blick auf ihn ab.

Hinter dem Bartresen ächzte Désirée Hünold leise. »Ich ... nun – weiß das auch noch nicht so lange und habe deshalb einen Topf ...«

»In Ordnung, Schätzelein, lass gut sein.« Tammo winkte ab. Er erhob sich.

»Ich muss euch was zeigen!« Damit langte er hinter sich ins Regalfach und zog einen kleinen Prospekt heraus, den er kurz in die Höhe hielt. Eine schnörkelige Überschrift und ein kleines Porträtfoto waren zu erkennen, darunter Text. »Das muss ich euch unbedingt vorlesen.« Der Einfachheit halber duzte er seine Gäste, wenn er sich an alle gemeinsam wandte. Im Einzelgespräch dagegen siezte er die meisten noch.

Tammo blieb stehen und holte mit genüsslichem Grinsen Luft. Er räusperte sich, während Désirée noch schnell ein venezianisches Tablett mit Champagnergläsern auf der Tischmitte absetzte.

»Guten Tag, mein Name ist Elias Packus, und ich beliefere Sie mit exquisiten Abendmenüs. Bisher kennen Sie unsere Firma für ihren gepflegten Mittagstisch. Der Erfolg hat uns ermutigt, das Angebot zu erweitern. Mit nur den besten regionalen Zutaten und exzellent ausgebildetem Küchenpersonal ...«

Hünold wischte grob mit der Hand durch die Luft. »... und so weiter, und so weiter, Blabla ...«

Er blätterte in den Innenteil, hielt die aufgeschlagenen Seiten jeweils erneut kurz hoch und murmelte »Parmaschinken-Tarte, Auberginen-Feta-Taler, Lachsrolle, Zucchini-Forellen-Tapas, marinierter Mangold, sieht alles sehr gut aus, lecker, lecker«, bevor er die Prospektrückseite vor sich hatte. Da begann er zu schmunzeln und ließ bereits ein unfreiwilliges Prusten hören. »Jetzt kommt's, meine Herren, aufgepasst!«

Tammo Hünold schluckte einmal trocken, straffte sich und legte eine Kunstpause ein. Nach erneutem Räuspern las er in gemessenem Tempo weiter vor, dabei mit dem Zeigefinger den Text nachzeichnend und zuweilen erwartungsvoll aufblickend.

»Ein echt französisches Dîner ist Luxus, den wir uns zu besonderen Anlässen gönnen dürfen. Schwelgen Sie im guten Geschmack für verwöhnte Zungen. Da, wie man sagt, die Liebe durch den Magen geht, bin ich, wenn Sie erlauben, gleichsam Ihr Herzensbote ... und entführe Sie im Geiste nach Paris – der Hauptstadt des feinen Essens und der Liebe.«

Hünold ließ sich in den Sessel zurückfallen, sein Rücken klatschte bedenklich gegen das Polster.

Der Schriftführer des IHK-Ausschusses Steuerpolitik klopfte sich eifrig auf die Schenkel. »Zeigen Sie doch mal das Foto des ... Herzensboten!«, gluckste er, das letzte Wort beinah hysterisch betonend.

Tammo streckte ihm das Werbeblättchen entgegen. »Ist es nicht rührend, das Bild? Wie keck er sich unter dem Hütchen verbirgt!«

Der Schriftführer lachte kehlig. »Ein Amor mit Basecap? Ich wusste gar nicht, wie vielseitig die Clochards heutzutage unterwegs sind!« Er reichte den Prospekt an sein Gegenüber, Hünolds Geschäftsfreund, weiter.

»Nun ja, was kann man von einem Essensfahrer erwarten?«, schnarrte der. »Sicher keinen Maßanzug. Doch ein wenig Mühe mit dem Foto hätten die sich ruhig geben können, dieser angebliche ... « Er blickte oberlehrergleich auf, »... dieser Luxus-Lieferdienst.«

Tammo griff eines der Champagnergläser und ermunterte seine Gäste mit mildem Nicken, es ihm gleichzutun. Der Reiter winkte ab, die andern langten zu. Désirée hatte das Deckenlicht leicht heruntergedimmt, die Stimmung war allgemein launig.

»Bevor wir uns bitte auch einmal dem Namen dieses potenziellen Verwöhners widmen«, feixte der Hausherr, »möchte ich nunmehr bekanntgeben« - Kunstpause - »dass unser *Menu de luxe* für 17.30 Uhr bestellt ist. Damit haben wir den Abend vor uns, denn wer weiß, was er bringt!« Er lachte aufgedreht.

Der Kreishandwerker machte sich auf den Weg zum WC, der ihn an der Bar vorbeiführte. Er stützte sich angelegentlich auf die Reling der Theke und lächelte Désirée, leicht die Brauen hebend, an. »Habe ich das vorhin richtig verstanden, und es gibt eine Bouillabaisse-Reserve?«

Désirée senkte den Blick zu Boden, lächelte aber dankbar vor sich hin. »Ja, ich habe welche gekocht«, hauchte sie, »ich wusste ja nicht ...«

Der Mann – es handelte sich um den Elektrotechnikmeister, dessen Firma die raffinierte Beleuchtung im Hause Hünold installiert hatte – zwinkerte ihr schnell zu. »Da geht ja für mich die Sonne auf, wenn ich nachher ein Tellerchen kriegen könnte.«

»Lässt sich machen«, flüsterte Désirée, dann senkte sie die Stimme erneut. »Ich esse eines mit.«

Ihr Besucher sah schnell zum Gastgeber hin, doch der hatte das Tête-à-Tête nicht bemerkt.

»Packus!«, keuchte Hünold, vollkommen auf seinen Einsatz konzentriert. »Man lasse sich den Namen auf der Zunge zergehen! Packus wie ›pack aus‹. Ein Liebesbote, der auspackt! Was wohl!«

Der zweite IHK-Mann wollte nicht durch Schweigen unnötig auffallen. »Geheimnisse?«, fragte er mit leichtem Schmatzen. »Schlüpfrige vielleicht? Man bedenke, ...«, er warf einen betont-vorsichtigen Blick in Richtung der

Frau des Hausherrn, als wäre sie ein nichtsahnender Teenager, »welche Szenen sich so einem Herzensboten darbieten mögen, wenn er das Geschirr wieder abholt.«

»Sie meinen, da muss er ja quasi schmutzige Wäsche waschen«, kicherte der Jäger, überwältigt vom eigenen Witz.

Nun schlug sich Hünold auf die Schenkel. »Auch nicht schlecht, auch nicht schlecht!«, gurrte er. »Doch ich dachte bei ›Auspacken‹ noch an etwas anderes. Sie verstehen.« Er vollführte im Sitzen einen unrunden Hüftschwung. Dann hob er die Stimme. »Mausi-Schätzelein, nun lass uns doch hier nicht so auf dem Trockenen sitzen!«

Désirée Hünold trug einen soliden Flaschenkorb im Shabby-Stil herbei, darin sechs Flaschen besten finnischen Mineralwassers. »Die Gläser stehen im Regalfach hinter dir, Liebling.«

Tammo blickte seine Ehefrau ehrlich entgeistert an. »Willst du mich verar... veräppeln?« Er stieß die Flaschen so heftig beiseite, dass sie vom Tisch gefallen wären, hätte der Reitstallbesitzer den Korb nicht geistesgegenwärtig am Bügel festgehalten.

»Sag mir doch bitte, was du und die Herren trinken möchtet, dann bringe ich es«, schlug Désirée bestürzt vor. Der Reiter meinte, ihre Mundwinkel zucken zu sehen.

»Heißt das vielleicht, der Schampus ist alle?« Tammo schluckte schwer, bevor er sich mühevoll fing. »Dann sei doch so gut, meine Beste, tu deinem lieben Mann den Gefallen, in den Keller zu gehen und Nachschub zu holen. Ja? Tust du das vielleicht für mich, an meinem Geburtstag?«

Die Herren sahen mehrheitlich betreten zur Seite.

Der Geschäftspartner jedoch, der auf seinen Auftritt gewartet hatte, ergriff die Gelegenheit. »A propos ›auspacken‹, da habe ich ein Geschichtchen parat, das möchte ich in verschwiegener Runde gern zum Besten geben.« Er ließ die anderen an einem Trick teilhaben, den er gegenüber dem Finanzamt anzuwenden pflege. »Aber bitte, Sie sagen das niemandem weiter, okay? Das müssen Sie mir versprechen!«

»Aber warum sollten wir auch, mein Lieber?« Tammo wandte sich etwas steif nach rechts um, wo sein Vorredner saß. »Was sparen Sie denn schon dadurch! Das mögen ein paar Tausend sein. Glauben Sie mir, das geht viel einfacher.«

Aller Augen ruhten gespannt auf ihm. Nur der Kreishandwerker machte Hünolds Frau, die zwei perfekt temperierte Moët-et-Chandon-Flaschen geöffnet auf den Tisch gestellt hatte und dann wieder hinter die Bartheke geflitzt war, ein kleines Zeichen, dass er sich auf die Suppe freue. Désirée verschwand in der Küche.

»Man muss den einen oder anderen Dienstleister auf den Pott setzen – um es mal unverblümt zu sagen.« Tammo goss sich vom Champagner nach und wollte eben fortfahren, als das Mobiltelefon des Reitstallbesitzers fiepte. Der erhob sich, ging eilig in den Flur und redete aufgebracht, aber mit gedämpfter Stimme. Dann lugte er ins Zimmer, murmelte etwas von einem Notfall und dass er sich leider verabschieden müsse, klopfte an die Küchentür, wechselte einige Worte mit Désirée und verschwand.

Der stellvertretende Vorsitzende der Kreisjägerschaft atmete hörbar aus. »Vielleicht besser so«, raunzte er. »Der hat doch, offen gesagt, nicht in diese Runde gepasst.« Niemand fügte dem etwas hinzu.

Tammo erhob die Stimme. »Ich will es kurz machen: Man checkt, ob der Dienstleister sich einen guten Anwalt leisten kann. Wenn nicht, kürzt man die Rechnung.«

»Aber braucht man dafür nicht Argumente?« Der Schriftführer blickte den Gastgeber ungläubig aus weit offenen Augen an.

Tammo stand auf, trat hinter den Mann und begann an seinem Sessel zu rütteln. »Wenn man politisch korrekt und überhaupt so ein Überkorrekter sein will, braucht man für jeden Furz ein Argument!«, donnerte er, zum Gelächter der anderen.

Der Schriftführer, etwas bleich, stimmte sicherheitshalber in das Lachen ein.

Hünold setzte sich wieder. »Aber ums Korrektsein geht es ja gerade nicht, oder?«, intonierte er mit gefährlich leiser Stimme. »Sondern ums Leben. Ums gut leben!« Die letzte drei Worte brüllte er.

Niemand erhob Einwand. »Meinen besten Coup – bisher besten Coup, sollte ich wohl sagen – landete ich gegenüber einem Dachdecker. Paul Seasick hieß der Mann. Muss man sich auf der Zunge zergehen lassen! Seasick – seekrank – und will Dachdecker sein! Das ist ja, wie wenn man den Bock zum Gärtner macht. Hatte aber den besten Ruf, der Seasick. Handwerklich. War auch berechtigt, der Ruf. Hat super Arbeit geleistet. Echt solide.« Hünold setzte die vollere der beiden Champagnerflaschen an den Hals. Er schluckte prustend. »Langt zu, Freunde, Schampus auf die Schlauen!« Erneute Kunstpause. »Meister Seasick gehörte leider nicht dazu. Hatte nicht mal den obligatorischen Wald-und-Wiesen-Anwalt. Hat die ganze Summe verloren, der Arme. Kein Schampus für Paulchen, nur Wasser.«

Man stieß miteinander an, dann griff der zweite IHK-Mann das Stichwort Gärtner auf. »Wir hatten mal einen im Wirtschaftsausschuss, der hieß Gärtner. War Druckereibesitzer. Und wissen Sie, was der gemacht hat, um den Posten zu kriegen? Hat alle Einladungskarten für die IHK umsonst gedruckt. Ha! Was für ein Esel!«

»Hat der seine Druckerei noch?«, fragte der Jägermeister.

»Was glauben Sie?«, gab der andere zurück und richtete seine Aufmerksamkeit auf die Weinflaschen, die zwischenzeitlich wie durch Zauberhand ihren Platz auf dem Beistelltischchen gefunden hatten.

Die Türglocke läutete vernehmlich, Tammo Hünold blickte auf die Uhr. »Pünktlich sind sie ja, unsere Liebes... äh, Herzensdiener.«

Der Jäger verschluckte sich japsend.

»Meine Mausi wird die guten Sachen gleich auftischen«, kündigte der Hausherr an.

»Ist das nicht ein bisschen ... gemein? Wo sie doch die feine Suppe gekocht hat?« Der Kreishandwerker erntete für seine Bemerkung einen mitleidigen Blick.

Désirée trug vier hübsch dekorierte Platten herein, die sie im Hausflur von dem Auslieferer übernahm. Es handelte sich hauptsächlich um Fingerfood. Einige Creme-Häppchen, frittierte Garnelen, Salate und Pastetenstückchen waren auf Partylöffeln angerichtet. Für die anderen Leckereien deckte sie feine weiße Porzellantellerchen sowie gebügelte Leinenservietten auf.

»Essen Sie nicht mit uns?«, fragte der Geschäftspartner und deutete auf den freien Platz des Reiters.

»Nein, ich habe schon Suppe gegessen.« Désirée Hünold bedachte den Fragenden dennoch mit dankbarem Blick, während sie sich zurückzog.

Der Kreishandwerker erhob sich unter einem Vorwand, um ihr in die Küche zu folgen. Er würde sich keinesfalls die exquisite Bouillabaisse entgehen lassen.

Währenddessen nahm die Verkostung der Spezialitäten ihren Lauf.

»Delikat, sehr delikat, der Hirschschinken«, ließ sich der Jägersmann mümmelnd vernehmen.

»Guter Geschmack, die Auberginentaler«, fügte der Schriftführer hinzu. »Schön würzig.«

»Die Meerrettichsahne zum Lachs scheint mir arg scharf zu sein«, sagte der Gastgeber kauend, »oder wie finden Sie sie?«

So wurde probiert und kommentiert, auf Köstlichkeiten hingewiesen, der Kopf geschüttelt oder Nachschlag auf den Teller geladen. Als der Kreishandwerker sich wieder zu ihnen gesellte, wurde eine weitere Runde gefuttert und gevöllt.

»Hui«, japste der Geschäftspartner schließlich. »Könnten wir vielleicht lüften? Mir ist etwas heiß geworden.« Er lockerte den Krawattenknoten und öffnete die beiden oberen Hemdknöpfe.

Beide IHK-Leute nickten zustimmend, der Jäger verdrehte die Augen und wackelte mit dem Kopf. Hünold steckte zwei Finger in den Mund, um seiner Frau zu pfeifen. Er brachte ein klägliches Würgegeräusch hervor. Der Jäger begann hysterisch zu lachen.

»Na, Liebling, klappt wohl nicht?« Désirée lehnte am Türrahmen der Küche und betrachtete gelassen die Szenerie.

»Könnten Sie vielleicht ... Frau Hünold?«, fragte der Geschäftsmann japsend und fuchtelte mit beiden Armen durch die Luft. Schweiß brach ihm aus allen Poren.

Désirée Hünold verschränkte die Arme vor der Brust. »Was meint er wohl? Verstehst du das, Elias?«

Tammo riss die Augen auf. Neben seiner Frau war ein Mann aufgetaucht, den er kannte. Gerade noch hatte er von ihm geredet! Seine Gesichtsfarbe nahm einen violett-roten Ton an. »Elias, wieso ... das ist doch Paul ... Seasick.«

»... alias Elias Packus«, ergänzte Désirée.

»Sie wissen vielleicht nicht, was ein Anagramm ist?«, sagte der Mann neben Désirée, und seine Stimme klang höflich.

»Aber Sie werden gleich wissen, was eine Harke ist!«, brüllte Tammo und machte Anstalten, aufzuspringen. Der feste Griff des Kreishandwerkers und ein ungewohntes Schwindelgefühl ließen ihn in den Sessel zurücksinken.

Der Jäger schrie: »Harke! Forke! Gabel!« Er stocherte mit einem Eifer in die Meerrettichsahne, als suchte er darin den Stein der Weisen.

Der Schriftführer erhob sich, deutete eine Verbeugung an und begann mit tiefer Bassstimme »Messer, Gabel, Schere, Licht dürfen kleine Kinder nicht« zu singen.

Der Jäger versenkte seine Gabel in der Sahne und applaudierte. Der Geschäftspartner riss sich die Krawatte vom Hals und schleuderte sie auf den Schoß des schwitzenden IHK-Funktionärs, wobei er mit der Hand zwei halbvolle Weinflaschen umstieß. Ihr Inhalt bildete eine Lache auf dem Parkett. Der IHK-Mann stippte mit dem Zeigefinger hinein und betupfte Stirn und Wangen mit der Flüssigkeit.

Kopfschüttelnd sprang der Elektrotechnikmeister auf und strebte zum Hausflur. Sein Gang geriet leicht schwankend. Als er an der Hausherrin vorbeikam, salutierte er. »Klasse Buja... Bouillon ... Boule ... na Sie wissen schon.« Er wandte sich an den Essensboten. »Kann sich Ihre Firma ein Beispiel ...« Er stockte, schüttelte den Kopf und stakste weiter zur Haustür, durch die er die Szenerie verließ.

Tammo Hünold war es nach mehreren Versuchen gelungen, sich zu erheben. Er tastete mit einer Hand nach der Sessellehne. Dann wandte er den Blick Richtung Küchentür und runzelte drohend die Stirn. »Seekrank auf dem Dach, Seasick. Das konnte ja nichts werden.«

»O, ich bin sicher,« Seasick-Packus sprach weiterhin höflich, »Sie könnten das natürlich alles besser, Herr Hünold.«

»Darauf kannste ... können Sie ... einen lassen!« Hünold stutzte und sah um sich. »Wo ist der Elektrofuzzi?«

»Eben ... aus der ... Tür.« Der Geschäftsfreund hechelte während des Sprechens, während er sein blütenweißes Hemd, dessen Erscheinungsbild mittlerweile durch Schweißflecken auf Brust und Rücken entstellt war, weiter aufknöpfte.

»Wozu?« Die Stimme des Hausherrn donnerte.

»Weiß nicht. Boah, diese Hitze ...« Der Geschäftsmann zog das Hemd über den Kopf. Unter allen Kanten des chamois-farbenen Unterhemds quollen gekräuselte graubraune Haare hervor.

»Da! Pelztier in Sicht!« Der Jäger fischte seine Gabel aus dem Sahnemeerrettich und beugte sich über den Tisch zum entblößten Geschäftsmann.

Der Schriftführer hatte kichernd sein Smartphone gezückt. »Mussallesdokumentiertwern«, rief er. Sein Nebenmann, der andere IHK-ler, schlug ihm mit hartem Boxhieb das Gerät aus der Hand.

»Ruhe!«, dröhnte Hünold. »Ich darf wohl mal um etwas Aufmerksamkeit bitten.«

Der Jäger ließ verstört die Gabel fallen. Sie landete wie gezielt auf dem letzten verbliebenen Forellenhäppchen.

Der Geschäftsmann legte sich diskret das Hemd quer über den Schoß, nur um darunter munter weiter zu nesteln.

»Ich werde jetzt nämlich«, schrie Hünold, »aufs Dach steigen.« Allgemeine Stille. »Jawohl, aufs Dach, sage ich.«

Die IHK-Leute wechselten verdutzte Blicke. »Wrumm?«, machte der Schriftführer.

»Um zu zeigen, dass ich's kann! Ich bin der Größte!« Hünold zog seine Hände weitestmöglich auseinander, allerdings in die Breite statt in die Höhe, woran sich jedoch niemand störte. »Größer als jeder Dachdecker.« Er spuckte verächtlich auf den kleinen, apricotfarbenen Perserteppich zu seinen Füßen.

Désirée entriegelte im Gehen per Klick ihren eisblauen Mini-Clubman, den sie an der Straße geparkt hatte.

»Was wohl der Elektriker an seinem Wagen macht?«, fragte neugierig Elias-Paul, der auf dem Beifahrersitz Platz genommen hatte, und zog die Autotür zu.

»Holt bestimmt Werkzeug. Vielleicht denkt er, er kann Tammos durchgebrannte Sicherung reparieren.« Désirée lachte höhnisch.

»Nein, ich glaube, er holt etwas Größeres.«

»Wie dem auch sei – wir werden die Herren ihrem Schicksal überlassen. Mir scheint, das LSD verstärkt ihre ... bedeutendsten Seiten.«

»Und wer macht nachher die Flecken weg?« Er senkte übertrieben die Stimme. »Mausi?«

Désirée atmete tief. »Du machst dir keinen Begriff davon, wie sehr ich ihn hasse.«

»O doch, ich denke schon.«

Désirée lenkte den Wagen in Richtung Flughafen, während Elias auf seinem Smartphone im Internet suchte. »Hey, ich hab's, der hat eine Drohne geholt.«

»Der Elektriker? Kann sein, ich glaube, das ist sein Hobby. Wie kommst du drauf?«

Elias packte Désirée am Arm. »Das musst du dir ansehen!«

Sie steuerte eine Bushaltebucht an.

»Ich habe mal die Homepage seiner Firma aufgerufen und dabei den YouTube-Kanal gefunden. Der postet das in Echtzeit! Guck hier!«

Die Luftbilder zeigten Aufnahmen des Hünold'schen Hauses. Aus dem Dachfenster krabbelte soeben der gänzlich unbekleidete Geschäftsmann, während der Hausherr auf dem sanft geneigten Pultdach kniete und mit großer Geste große Reden schwang. Auf der Terrasse drei Stockwerke tiefer lachte der Jäger hysterisch. Die beiden IHK-ler neben ihm waren in eine gehörige Schlägerei vertieft.

Tammo Hünold brüllte etwas, das man auf dem Video nur ansatzweise verstehen konnte. Es mochte »Hersehen!« heißen. Etwas steif erhob er sich. Sein Geschäftspartner am Dachfenster schrie laut auf, dann fiel er polternd ins Hausinnere zurück. Hünold wandte sich zum Dachfenster um. Er verlor die Balance, brüllte, kollerte zum Dachrand. Es polterte.

Die Videoübertragung brach ab.

Eigen-artig
Symbolik und Hintergründiges

Eine junge Frau sitzt im Café und kann die Schwarzwälder Kirschtorte nicht anrühren. Dabei hat sie genau die richtigen Farben: schwarz, weiß – und **Rot wie Blut***.*

Opa Claas hat Matze viel von den Trollen in Norwegen erzählt, auch von der alljährlichen **Lichtschmelze***. Doch wenn Matze mit Mama und Papa darüber sprechen will, reagieren sie seltsam ungehalten.*

Als Larissa ihrem Lebensgefährten, Oberkommissar Alois Aisner, von einem rüden Gast in der Kneipe erzählt, fällt er aus allen Wolken. **Der Mann mit der Wolfsangel** *muss der Kerl sein, den er seit Langem sucht!*

Rot wie Blut

Sie saß im Café und gehörte nicht dahin. Hier war Platz für die, die sich bequem in Polster lehnten, Beine übereinanderschlugen und plapperten. Das war ihr nicht bestimmt. Inmitten der Behaglichkeit war sie diejenige, die Haltung bewahrte. Die in den Polstern ahnten nichts.

Sie sah, wie bedacht, beinah liebevoll, genussgerechte Häppchen aus Biskuit, Creme und Obst mit Löffeln geformt wurden. Sie begann zu schwitzen. Wann zum Henker kam ihr Stück von der Torte?

Zustechen musste man! Mit der Gabel Stücke reißen wollte sie, quetschen, malmen und zerdrücken.

Als der Kellner dann den Kuchen brachte, konnte sie ihn nicht anrühren. Schwarzwälderkirsch: Weiß wie Schnee, rot wie Blut und schwarz wie sich ihre Seele im Wald gefärbt hatte.

Schneewittchen nannten sie sie, aus einem lächerlich simplen Grund: weil sie groß war und die anderen aus der Gruppe sich wie Zwerge neben ihr vorkamen. Außer dem König natürlich, der überragte jeden, wie es sein musste.

Im Märchen gab es sorgende Zwerge. Im richtigen Leben wurden keine rotwangigen Äpfel gereicht, da waren die Zwerge selbst giftig. Sie sagten Schneewittchen, doch der, den sie das Sehnen hatte lehren müssen, war nicht ihr Prinz.

Er musste sich sehnen, weil die Zwerge ihm eine Lehre erteilen wollten. Ihm und seiner Prinzessin, die sich für besser hielten. Beide hatten dem König gedient, doch dann wollten selbst Gesetze machen.

Die Torte, Schwarzwälderkirsch, die Flagge, die richtige, weiß wie Schnee und rot und schwarz wie Blut und Boden.

Die Zwerge waren giftig wie grüne Galle, und schlau. Sie wussten, wie Gruppe zu funktionieren hatte, eingeschworene Gemeinschaft. Man musste Proben bestehen, Eignung beweisen, wenn man dabei sein wollte, richtig dabei, nicht nur bei Theorielektionen. Sie wollte dabei sein, mitten drin, wenn es losging. Sie glaubte wie sie, dass diese Stadt, dieses Land das falsche Rot gewählt hatte. Die faulige Farbe der lahmen Ärsche, das warme Rot bequemer Socken, zu weich für den wahren Weg.

Es war höchste Zeit für den Neuanfang. Man brauchte die Entschlossenen, die Treuen, wenn es soweit war. Die anderen, die brauchte man nicht. Beweise, Schneewittchen, dass du gebraucht wirst!
Sie musste den Prinzen gewinnen, den Prinzen der anderen. Vertrauen brechen, Verrat säen, auseinanderdividieren: die hohe Schule. Die Zwerge wussten Bescheid, der König wusste das. Die andere, ausgerechnet, war die Märchenschwester ihrer Jugend. Prinzessin Rosenrot. Nur wenige Häuser voneinander entfernt hatten sie gewohnt, und in der Klasse hatten sie nebeneinander gesessen und getuschelt und geteilt, und kaum waren sie nach der Schule zu Hause angekommen, hatten sie schon wieder telefoniert, weil es so vieles gab, was mitzuteilen, was zu teilen war. Alles anvertraut hatten sie sich.
Man konnte sich einem anderen abvertrauen. Laut Theorielektion ging das einfach, doch eine quälend lange Geschichte war daraus geworden, weil die andere alles für böses Märchen hielt. Sie hatte ihr Vertrauen entreißen, zerreißen, zerstechen, zermalmen müssen.

Zeig, was Ziele dir wert sind, Schneewittchen, kindliches Vertrauen war gestern. Nimm die Aufgabe ohne Wimpernzucken, nimm, was man dir gibt, übernimm, ohne dich zu übernehmen. Folge.
Sie erwartete im Café den König und neue Befehle.

Schneewittchen, Schneeflittchen, wäre lieber Schneeweißchen gewesen, Rosenrots Märchenschwester, als es ernst wurde. Wie hart musste sie auf Zähne beißen, um sich nicht mitzuteilen. Ihre Lippen blutig beißen, um zu schweigen. Genießen und schweigen, nein. Genießen lassen und die Zähne zusammenbeißen. Denn er war nicht ihr Prinz, wirklich nicht.
Operation gelungen, Operateurin tot. Sie hatte die Prüfung bestanden und war wie ein Zombie durch Tage geirrt. Gefühle kann man abtrainieren, abklemmen, abquetschen, doch der Blick aus ungläubig großen Augen zieht immer zu weit in die Tiefe. Den Prinzen ausspannen klingt verschroben wie Märchenstoff, als fehlte im Hier und Jetzt die Bedeutung. Doch der ungläubige Blick der Prinzessin war real, war lebendig. Dann war er wieder da, der Impuls zu teilen, doch was man mitteilen konnte, fehlte. Es gab nur noch Verletztheit, zu tief für Worte. Man musste dem Elend ein Ende setzen, es galt Kraft einzuteilen, die wahre Aufgabe wartete.
Es war Zeit für den Neuanfang. Zeit, falsches Rot wegzuradieren.

Es war richtig gewesen. Diese Blicke konnte sie nicht brauchen. Rosenrot hatte radiert werden müssen, auch wenn die eigene Seele davon schwarze Schlieren behielt. Die untreue Prinzessin, auf eigene Faust zum Schweigen gebracht. Tapfer und grausam sein, wenn nötig, auch ohne Befehl. Eisern sein. Farben erkennen und lernen. Die Flecken am Messer: nicht blutrot, schwarzrot. Kleine silbrige Schneide mit wenigen, schwarzen Schlieren auf weitem Waldboden. Wald konnte schweigen. Boden, blutrot.

Weg mit unnützen Gedanken, Hindernisse beseitigen. Alles, was Energie frisst, wegkicken. Weg aus dem falschen Leben. Wohin mit dem Prinzen?

Was mochte der König befehlen? Ihr fröstelte. In keiner Gruft gab es Wärme.

Es war Zeit, höchste Zeit, das faulige Rot auszumerzen. Zeit abgelaufen für lahmes Zurücklehnen in warme Polster. Verweichlichtes Volk, arglose Schwächlinge in roten Socken, merkten die nicht, wer folgen würde?

Eignung beweisen. Bereit sein für das Wahre. *Muss ich denn sterben, um zu leben?* War das Falco im Radio, oder war das die Frage, die sie dem König stellen wollte?

Konnte ein Zombie leben? Die Spitzen der Gabel hinterließen hässliche Ratscher auf der weißen Haut des Unterarms. Was schwach ist, gehört ausgemerzt.

Wie spürt man sich, wenn die Gefühle abgeklemmt sind? Falscher Prinz, keine Prinzessin, es lebe der König. Schwarze Seele, tiefes Loch. Wer keine Gefühle hat, kann nicht schwach sein.

Auf einmal wusste sie es. Sie verließ das Café, eine Schlafwandlerin auf dem Weg zum Neuanfang. Weiß, die unberührte Schneefläche. Schwarz der Himmel. Sie hatte das Messer eingesteckt, es war ein gutes Messer, sie umfasste es dankbar. Es hatte eine hauchdünne, scharfe Klinge.

Lichtschmelze

Wenn im Norden das Licht schmilzt, haben die Trolle alle Hände voll zu tun. Das weiß er von Opa Claas. Die Trolle müssen dann schnell sein. Sie müssen so viel sie können vom flüssigen Licht auffangen und in ihren Schimmerteichen retten, damit es nicht nach Süden fließt, da, wo Leute namens Mafia wohnen, oder noch weiter, wo sie sowieso schon schwarz geröstet sind, weil sie zu viel Sonne haben.

Die Eimer der Trolle bestehen aus geträumtem Metall. Sie müssen mordsmäßig stabil sein und dürfen trotzdem nicht viel wiegen, damit die kleinen Kerle nicht so schwer daran zu tragen haben; sie sind ja nur Wichtel, und ausgerechnet die müssen so eine wichtige Aufgabe erfüllen. Vielleicht heißen sie deshalb Wichtel, weil sie eben wichtig sind, oder sie heißen Trolle, weil sie sich so schnell trollen, wenn ein Mensch in die Nähe kommt. Nicht mal Opa Claas hat einen gesehen, und dabei ist er schon so alt. Er weiß trotzdem viel über sie.

Die Trolle lassen das Licht, wenn es zu schmelzen beginnt, in ihre Eimer fließen und kippen es dann in die geheimen Teiche in ihren Höhlen. Dort bewachen sie es viele Monate lang, und wenn die Zeit gekommen ist, öffnen sie die Höhleneingänge und geben dem Licht einen Schubs.

Zu Anfang torkelt es noch ein bisschen, weil es so lange in engen Schluchten gefangen war, doch dann läuft es immer schneller, und schließlich fliegt es den Wolken entgegen und jubelt und breitet sich aus, den ganzen Sommer lang, bis es irgendwann müde wird. Dann zeigt es sich von Tag zu Tag weniger, aber das macht es so geschickt, dass man es erst gar nicht merkt. Doch es hat sich verausgabt, und dann kann es nicht mehr und schmilzt, und die Trolle müssen aufpassen, dass sie genug für nächstes Jahr in die Schimmerteiche schöpfen.

»Jaja, Arbeit und nebenbei so eine Familie sind viel, man muss aufpassen, dass man sich nicht verausgabt«, sagt Mama immer.

Sonst nimmt es noch ein schlimmes Ende.

Wer will schon wegtauen, weil er nicht aufgepasst hat?

Opa Claas hat ihm die Geschichte von den Trollen und dem Licht oft erzählt, geschätzt eine Trillion Mal. *Warum erzählst du mir das so oft, Opa?*, hat er ihn gefragt, und Opa hat gesagt: »Matze-Schatz, weil du ein bisschen langsam bist und ich nicht genau weiß, wann du es kapiert hast.«

Opa hat Recht, er versteht nicht immer alles sofort. Deshalb muss er noch mal nachfragen, ob die Trolle nur in Norwegen oder auch in Schweden unterwegs sind, oder vielleicht sogar noch in Finnland, denn das ist der Norden, auch wenn Oma Tine mal gesagt hat, Schleswig-Holstein wäre der wahre Norden. Aber da hat Opa Claas nur gegrinst, denn er weiß es besser.

Mama und Papa sagen nie Matze zu ihm, und Schatz schon gar nicht. Mama sagt *Matthias* und Papa sagt *dein Sohn*.

»Kann dein Sohn sich nicht mal in sein Zimmer verzischen, wenn ich in Ruhe Fußball sehen will?«, fragt er Mama, obwohl er, Matze, doch daneben steht und obwohl er auch gern Fußball mag. So gern, dass er immer laut klatschen muss, wenn einer den Ball kräftig trifft. Und wenn dann noch der Ball gegen den Pfosten nagelt, dann muss er Hurra schreien und juchzen. Da passiert was in dem Spiel, da wird einem was geboten.

Opa Claas hat ihn schon oft mitgenommen auf den Platz um die Ecke, im Kaiserweg, der nach Franz Beckenbauer benannt ist, das hat Opa ihm verraten, das weiß nicht jeder. Auf dem Platz spielen nur Leute aus der Kreisliga. Die Bundesliga ist weit weg, sagt Opa, klar, das weiß er auch, die ist ja im Fernsehen. Und was man im Fernsehen sieht, das ist immer weit weg vom eigenen Leben, da ist sich Mama ausnahmsweise mal mit Opa einig. Aber auf dem Platz im Kaiserweg, da bieten sie einem auch was, da werfen sie sich auf den Rasen, damit man ›Foul!‹ rufen kann, und der Fußball verwandelt sich mal in ein Leder und manchmal sogar in eine Kirsche. Mama und Papa gehen nie dahin, die wissen gar nicht, was sie versäumen!

Am liebsten sieht er beim Training zu, denn das ist abends, da wird oft Flutlicht angestellt. Flutlicht ist Licht, das langsam die Lampe hoch krabbelt. Es kommt erst nach und nach oben an. Ihm ist nicht ganz klar, ob dabei auch so etwas wie Trolle im Spiel sind, vielleicht Elb-Kobolde. Vielleicht sind das Kusinen oder Enkel von den Trollen in Norwegen, denn Trolle selbst gibt es in Hamburg ja nicht. Diese Kobolde könnten das Flutlicht in kleinen Booten transportieren, mit denen sie sonst auf der Elbe umherschippern. Aber ob Boote auch Lampenrohre hochfahren können? Er müsste mal eines aufschneiden und reingucken!

Wenn das Training vorbei ist, schmilzt das Flutlicht. Das sind tolle Momente, er liebt es, ruhig dazustehen und zuzusehen, wie das weichende Licht sich sanft die Rohre hinuntergleiten lässt, so als wollte es nicht viel

Aufhebens machen. Wo das Rohr im Boden steckt, ist bestimmt ein Auffangbecken. Ob die Elb-Kobolde das Flutlicht bis zum nächsten Training bewachen?

Auffangbecken fangen Sachen auf, die sonst verloren gehen würden, sie sind etwas Gutes. Auch wenn es manchmal komisch klingt, wie Papa davon spricht.

»Dein Sohn muss uns hier nicht die Haare vom Kopf fressen. Für solche wie ihn gibt es genug Auffangbecken.« Das klingt fast wie eine Drohung. Es ist natürlich völliger Quatsch, was Papa behauptet. Er mag gar keine Haare essen!

Fische, die mag er essen. Am liebsten welche, die Opa Claas und er zusammen gefangen haben, in den Ferien in Norwegen. Man muss sie auf den Kopf hauen, damit sie nicht mehr zappeln, dann sticht man in die Kiemen. Beides muss man beherzt machen, hat Opa gesagt. Fast eine Trillion Mal hat er es ihm gesagt. Und gezeigt. Deshalb kann er das schon ziemlich gut. Verdammt gut, hat Opa gesagt. Nur was dann kommt, das Ausnehmen und Filetieren, das hat er noch nicht kapiert. Aber er hat sich auch nicht besonders angestrengt, das können ruhig die anderen machen, Opa, oder auch Mama, von ihm aus. Ihm geht es um den Schlag und den Stich, *knack* und *knirsch,* das ist beinah noch besser als das Knallen des Fußballs gegen den Pfosten.

Mama ekelt sich ein bisschen vor dem Norden. »Norwegen, das ist Nebel und Regen und tote Fische«, hat sie zu Papa gesagt. »Ich verstehe nicht, warum mein Vater dieses Ferienhaus kaufen will.«

Er wurde ganz aufgeregt, als er das gehört hat: Opa Claas will das Ferienhaus kaufen! Er will mit ihm, seinem Matze-Schatz, dahin fahren, da ist er sich ganz sicher. Lange bleiben wollen sie, vielleicht für immer. Opa Claas mag Hamburg nicht mehr, seit Oma Tine von ihnen gegangen ist. Die Stadt macht ihn traurig, hat er gesagt.

Und Papa hat wieder komische Sachen erzählt. »Norwegen ist teuer, da kann er das schöne Geld auch gleich verbrennen. Und für uns ist zappenduster.«

»Er will es auch für Matthias«, hat Mama geantwortet.

Und da wollte er zu ihnen rüber ins Wohnzimmer gehen, ihr sagen, dass sie Recht hat, und Papa wollte er sagen, dass es nur nach der Lichtschmelze zappenduster ist, aber dass es wieder hell wird, wenn die Trolle ihre Höhlen öffnen. Doch Papa wurde laut, da ist er lieber geblieben, wo er war.

»Was muss der Hirnkrüppel in der Idylle Fische fangen, der kann auch in den Werkstätten Kugelschreiber montieren.«

Dann kam wieder irgendwas über Auffangbecken, und Mama war leise.

Zappenduster, das ist, wenn das Licht bis zum letzten Funken weggeschmolzen ist. Es gibt aber auch andere Arten, das Licht *wegzumachen*. Neulich durfte er einen Film sehen, da hat ein Cowboy das Licht erschreckt, indem er auf es geschossen hat. Das Licht hatte sich fein gemacht, wie die Frauen in dem Saloon, die Kleider mit Rüschen und Puffärmeln und auf dem Kopf Locken trugen. Das Licht hatte sich als Kronleuchter verkleidet. Es machte tausendmal ›pling!‹, als der Cowboy schoss, und versteckte sich in Nullkommanichts, nicht so bedachtsam wie Flutlicht. Die Frauen kreischten, ein alter Mann, den der Cowboy Dad genannt hatte, fiel um, und Papa und der Cowboy lachten merkwürdig heiser. Papa stieß Mama an, und sie guckte irgendwie eindringlich, so als hätte der Cowboy was gesagt, was nur Papa und sie verstanden. Hatte er aber gar nicht, der Cowboy, er hatte überhaupt nichts gesagt, sondern nur eine Brieftasche aus dem Jackett von Dad gezogen und auf den Boden gespuckt.

Opa Claas mag es gern, wenn das Licht langsam schmilzt, es soll nicht einfach weg sein wie in dem Film. Mama und Papa haben ihn schon oft ausgelacht. »Das Licht schmilzt, ich glaub', mein Elch knutscht«, hat Papa mal gesagt, dabei hat er gar keinen Elch.

Und gestern hat Papa selbst das Licht schmelzen lassen, das war die Höhe! Wie er es angestellt hat, ist ihm noch nicht klar, er muss noch mal darüber nachdenken. Wahrscheinlich hat Papa das dicke Kissen zu Hilfe genommen, das er in Oma Tines Waldhaus gefunden hat.

Sie waren noch nicht oft dort, denn es ist mühsam zu erreichen, man muss mit der blauen U-Bahnlinie ganz bis ans Ende fahren und dann noch ungefähr hunderttausend Schritte laufen. Er wundert sich jedes Mal, warum sie die ›blaue Linie‹ heißt, denn die Waggons sind rot, orangerot. Nicht mal die Sitze sind blau.

Warum Oma Tine das Waldhaus als Wochenendhaus gekauft hat, haben Mama und Papa nicht verstanden. Mama hat sogar gesagt, dass sie sich da gruselt. »Das muss man sich mal vorstellen: vor ein paar Jahren war wochenlang einer im Keller gefangen, für den haben sie viel Lösegeld kassiert.« Für Mama geht es oft um Geld. Deshalb fragt er sich, warum er, Matze, der so langsam begreift, den Vorteil dieses Kellers sieht und Mama nicht.

Zu Opa Claas haben sie gesagt, er soll sich ruhig für ein Nickerchen hinlegen, sie würden in der Zeit Oma Tines Sachen sortieren. Und dann, als Opa geschlafen hat und es gar nicht sehen konnte, hat Papa das Licht schmelzen lassen mit dem Kissen, ganz nah an Opas Gesicht. Mama hat dabei an einem Knopf in der Wand gedreht und die Deckenlampe angestarrt. Die sah aus wie ein kleiner Kronleuchter, aber das Licht kroch weg wie Flutlicht. Er hatte auch zugeguckt, er war ganz ruhig, wie nach dem Fußballtraining auf dem stillen Platz. Mama hat sich furchtbar erschreckt, als sie ihn sah, und hat ihn weggeschubst.

»Ich will doch nur die Lichtschmelze ansehen«, hat er ihr gesagt, doch sie fauchte, wie sie es noch nie getan hatte, und schrie, er sollte ein für allemal mit diesem Schwachsinn aufhören. Das fand er nicht in Ordnung. Er war vielleicht langsam, aber das gab niemandem das Recht, ihn vom Licht wegzustoßen.

Wo Licht ist, ist auch Schatten, hat Oma Tine oft gesagt und dazu geseufzt. Das fiel ihm ein, als Mama und Papa im Keller waren, um zu prüfen, ob sie mit dem Schlüsselbund den riesigen Metallschrank mit einem drolligen runden Schloss aufkriegen konnten. Im Keller war viel Schatten. Schatten kamen von hartem Licht. »Es gibt hartes Licht und weiches Licht, und jedes Licht passt zu bestimmten Menschen«, hat Opa Claas ihm erklärt. Bis er das ganz kapierte, würde es noch dauern, doch eines hatte er schon verstanden: zu Mama und Papa passte am besten hartes Licht.

Hartes Licht war Licht lange vor der Lichtschmelze. *Sollen sie es doch auskosten!*, dachte er, als er die Kellertür schloss und den Schlüssel im Schloss umdrehte.

Hartes Licht war bestimmt auf Dauer langweilig.

Zu Licht, das durch Gitterfenster fällt, sagt man gesiebtes Licht, hatte er in einem Ganovenfilm gelernt. Das konnten sich Mama und Papa immer noch angucken, wenn sie von dem harten Kellerlampenlicht genug hatten.

Der Mann mit der Wolfsangel

Der Junge hieb mit der Faust auf den Tisch. »Mann, Alo, du hast keine Ahnung, wie das ist!«

Alois Aisner lächelte in sich hinein. »Komm, Igor, steigere dich da mal nicht rein!«

Alois verwendete mit Bedacht den Spitznamen des Elfjährigen, Igor, denn sein Taufname war der Grund für den Zornesausbruch. Der kleine Kerl hieß Eagle-Eye.

»Wie soll man sich da nicht reinsteigern, wenn sie dauernd dieses blöde Lied im Radio spielen?!«

Aisner musste sich zusammenreißen, um nicht laut aufzulachen. Das Lied *Save tonight*, Stein des Anstoßes, hatte er bislang genau zweimal im Radio gehört. Das erste Mal war es ihm nur deshalb aufgefallen, weil der Knirps wie jetzt einen Wutanfall aufgeführt hatte.

»Mann, das ist doch das blöde Lied, weißt du das etwa nicht?«, hatte er gerufen, »dieser doofe Sänger heißt nämlich Eagle-Eye Cherry.«

Save tonight war das erklärte Lieblingslied von Eagle-Eyes Mutter Larissa, und jung wie sie bei der Geburt ihres Sohnes gewesen war, hatte sie ihn kurzerhand nach dem Interpreten benannt. Später hätte sie das gern rückgängig gemacht, denn Eagle-Eye wurde oft verspottet. Mitschüler reimten ›Igel-Ei, Spiegelei‹, und sein Kunstlehrer hatte schon mal gehöhnt, Adlerauge solle mal besser hinschauen, bevor er seine Zeichnung abgebe.

Auch wenn er die Abneigung des Jungen gegen das Stück verstand, konnte sich Alois des Eindrucks nicht erwehren, dass Eagle-Eye seine Empörung kultivierte. Von ihm aus sollte er das ruhig tun, er fand den Namen auch unmöglich. Doch gerade jetzt waren sie ein wenig in Eile. Der Weg von Bad Lauterberg nach Ellrich dauerte seine 20 Minuten, und er wollte Larissa nicht warten lassen.

»Dann nenn ich dich heute Supermann, und du vergisst das Lied und kommst jetzt mit«, forderte er. Zu seiner Erleichterung war der Junge einverstanden.

Zur Feier des Tages durfte Eagle-Eye auf dem Beifahrersitz Platz nehmen.

»Musst du heute gar nicht mehr ermitteln?«, erkundigte er sich kurz darauf interessiert. »Ich dachte, ihr habt so einen rekruten Mordfall.«

Alois blickte angestrengt zur linken Seite, um sich das Lachen zu verkneifen. Igors unfreiwilliges Wortspiel amüsierte ihn wie so oft prächtig. »Stimmt, wir arbeiten an einem akuten Fall«, antwortete er schließlich. »Doch mein Chef hat mir heute Abend frei gegeben.«

Eagle-Eye rülpste. »Was ist heute nochmal?«

»Heute ist Larissas und mein drittes Kennlernjubiläum.«

Auf dem Beifahrersitz blieb es eine Weile still. Dann nahm Alois aus dem Augenwinkel ein altkluges Kopfschütteln wahr, bevor Eagle-Eye sich zu Wort meldete.

»Ihr Erwachsenen seid vielleicht umständlich. Sag doch gleich, dass ihr da zum ersten Mal gepoppt habt!«

Krach! Aisner hatte soeben den Klosterort Walkenried verlassen und hätte die Abbiegung rechts auf die L601 nehmen müssen. Doch abgelenkt wie er war, hatte er zu spät eingeschlagen und seinen Opel Astra unliebsame Bekanntschaft mit sechs rechten Begrenzungspfosten der Zorger Straße machen lassen.

»Ritsch-ratsch«, kommentierte Eagle-Eye unbeeindruckt.

»Pitsch-patsch macht es gleich«, donnerte Aisner und verkniff sich gerade noch die Ergänzung ›und zwar auf deine Backen‹. Statt dessen atmete er dreimal tief in den Bauch, wie er es im Deeskalationsseminar geübt hatte. Immerhin war ihm das Malheur noch auf niedersächsischer Seite passiert, gerade mal 1500 Meter vor Ende der Zuständigkeit seines Polizeikommissariats. Er rang sich ein Lächeln ab. »Pitsch-patsch Pinguin.« Dann zwang er den Wagen mitten auf der Landesstraße in einem filmreifen Manöver in die Gegenrichtung und riss ihn scharf links um die Kurve. Igor krallte sich am Türgriff fest.

Aisner fand einen Parkplatz direkt vor dem Café Nikolai. Er parkte den Wagen rückwärts ein, damit Larissa die dicken Schrammen auf der Beifahrerseite nicht gleich sah. Als sie das Café betraten, stand sie am Tresen und bestückte ein Tablett mit Gläsern und Weinkaraffen, die Antje, ihre Chefin, ihr zureichte.

Larissa warf Alois einen bedauernden Blick zu. »Kann noch nicht los«, flüsterte sie im Vorbeigehen und sagte dann laut: »Setzt euch doch ein paar Minuten. Probiert mal die leckere Johannisbeerschorle.«

Den Saft servierte ihnen der Chef höchstpersönlich, Antjes Ehemann Jürgen. »Ich weiß, dass ihr weiter wollt. Doch ich brauche Larissa noch ein halbes Stündchen«, erklärte er und sah Alois bittend an.

»Hm«, brummte der, »das passt mir gar nicht. Wir wollen in Nordhausen essen gehen, und wegen Igor darf es nicht zu spät werden. Ihr schließt doch sonst auch pünktlich. Wieso ausgerechnet heute nicht?«

»Wir haben ganz besondere Gäste«, erklärte Jürgen. »Die möchte ich nicht rauszuwerfen. Es sind Zeitzeugen aus Holland und Frankreich, die extra zur Gedenkfeier von Juliushütte angereist sind.«

Aisner ließ seinen Blick über die betagten Gäste an der langen Tafel schweifen. »Na gut«, willigte er ein. »Eine halbe Stunde halten wir aus. Aber dann müssen wir wirklich los.«

Eagle-Eye stieß ihn konspirativ in die Seite. »Hast du gesehen, Alo? Da drüben, der mit dem Verband!«

Der Kommissar wandte sich nach rechts. Dann nickte er dem Jungen zu. »Tatsache, das ist er.«

»Aber was ist denn Julihütte, Alo? Warum wollen die da hin?«

Gegen seinen Willen musste Aisner über die ver-igor-te Bezeichnung lächeln. »Das erkläre ich dir draußen. Komm, lass uns ein Stück spazieren gehen, dann vergeht die Zeit schneller.«

Sie liefen die Jüdenstraße entlang bis zum Bächlein Zorge und bogen an der Großen Uferstraße nach links Richtung Frauenberg ab. Dabei erklärte Alois dem Jungen das Nötigste über das ehemalige Konzentrationslager Ellrich-Juliushütte.

»Ein paar Menschen haben trotz der schlimmen Bedingungen überlebt und konnten in ihre Heimatländer zurückkehren«, beendete er seinen Bericht. »Die sind jetzt sehr alt. Trotzdem kommen sie zu Gedenkveranstaltungen hierher, um zu erzählen, was sie mitgemacht haben.«

»Aber das ist doch voll gruselig, Alo. Wer will denn das hören?«

Aisner runzelte die Stirn. »Das ist tatsächlich ein Problem, dass manche das ganz und gar nicht hören wollen. Sie wollen nicht an die schreckliche Vergangenheit erinnert werden.«

Eagle-Eye hatte seine Blickweite auf Unendlich gestellt und sah durch ihn hindurch. Der Junge würde einige Zeit darüber brüten.

Unbewusst hatte Alois seine Schritte zum Schwanenteich gelenkt. Als er die Holzbank am Ufer sah, zuckte er zusammen. Hier war es passiert. Hier hatte er vor einigen Monaten einem Menschen das Leben gerettet und trotzdem versagt. Er konnte sich nicht verzeihen, dass der Täter nicht gefasst worden war. Hätte er nur besser Acht gegeben! Er spürte die Schmach wie seinerzeit, als er vor den Thüringer Kollegen nur herumstottern konnte, ein unbrauchbarer Zeuge. Auch wenn er es nicht wollte, lief das Geschehen jetzt vor seinem inneren Auge in allen Einzelheiten ab.

Er war damals mit Eagle-Eye durch Ellrich geschlendert, wie heute. Sie hatten Larissa zum Café Nikolai gefahren, wo sie mit Antje und Jürgen zum Einstellungsgespräch verabredet war. Es war Herbst und schon früh dunkel. Als sie dem schmalen Pfad von der Frauenbergskirche zurück in den Ort folgten, wirkten die kahlen knorrigen Zweige der alten Buchen wie drohende Finger düsterer Waldgeister. Der Junge schrak heftig zusammen, als sie den heiseren Schrei hörten. Dann ein Jaulen, wolfsähnlich.

Alois schaltete binnen Sekundenbruchteilen. Er ergriff Igors Hand und lief los in Richtung Schwanenteich, woher der Schrei gekommen war. Als sie das Teichufer erreichten, gewahrte er einen großen dunklen Mann, der auf eine am Boden liegende Gestalt einprügelte.

»Aufhören!«, brüllte Alois.

Der Schläger blickte hoch, stieß einen zischenden Laut aus und wandte sich sofort wieder seinem Opfer zu, um darauf einzutreten. Alois hörte ein klägliches Wimmern. Der Angreifer wandte sich kurz zur Seite, nahm einen starken Ast auf und begann auf das Gesicht des Wehrlosen einzuschlagen. Aisner fingerte die LED-Lampe aus seiner Anoraktasche. Er richtete den harten Lichtstrahl direkt auf das Gesicht des Täters. Wie in einem Bühnenspot blitzte die Szenerie auf.

Eagle-Eye sagte später, in dem Moment sei ein Schäferhund in großen Sätzen Richtung Gebüsch verschwunden. Der Täter fuchtelte geblendet mit beiden Händen im Gesicht.

»Stopp! Polizei!«, schrie Alois. Gern hätte er einen Warnschuss in die Luft abgegeben, doch er war unbewaffnet. Der Schläger umfasste den Ast fester, so als stellte er sich auf einen Kampf ein, drehte sich dann jedoch unvermittelt um und sprintete los in Richtung Ortsrand.

»Der war gut ausgebildet. Militär, würde ich sagen«, gab Aisner später zu Protokoll.

Der Junge konnte einen konkreten Hinweis beisteuern: eine auffällige Tätowierung auf dem seitlichen Hals. Man gab Eagle-Eye Papier und Stift, und er fügte flink vier Striche zusammen, wie ein schräg gestelltes, liegendes Z. Eine Wolfsangel. Dennoch wurde der Täter nicht gefasst.

Alois hatte bei der Erstversorgung des Verletzten alles richtig gemacht. Auch Eagle-Eye hatte sofort auf seine Anweisungen reagiert und Rettungswagen und Polizei per Handy alarmiert. Zum Glück hatten sie das zu Hause wieder und wieder geübt. Der Junge begriff nur nicht, warum Alois dem alten Mann, der blutete und stöhnte, auch noch ins Gesicht schlug.

»So blieb er bei Bewusstsein, das war enorm wichtig«, erklärte ihm später die Rettungssanitäterin. »Dein Papa hat dem alten Mann das Leben gerettet.«

Der Gerettete hieß Gerold Goldschmidt und zählte zur Lokalprominenz. Er hatte einen politisch unabhängigen Verein zum Gedenken der Opfer des Nationalsozialismus gegründet, mit dem er auch überregional Aufsehen erregte. Er hatte Bodo Ramelow, als der noch Oppositionsführer im Landtag gewesen war, durch die Überbleibsel der KZ-Gedenkstätte Mittelbau Dora geführt und ihn die bedrückende Atmosphäre dieses Ortes spüren lassen. Auch dank seiner Initiative lud man Zeitzeugen, Niederländer und Franzosen, zu Gedenkveranstaltungen ein.

Goldschmidt trug auch heute noch, Monate nach dem Überfall, einen Arm geschient. Er war es, den Igor vorhin im Café erkannt hatte.

»… Mama doch gesehen, oder?«

Alois schreckte aus seinen Erinnerungen auf. »Mh, was meinst du? Ich habe eben nicht richtig zugehört.«

»Na, diese Wolfsrute. Die hat Mama gesehen, oder nicht?«

Offenbar durchlebte auch Eagle-Eye die damaligen Ereignisse in Gedanken.

»Stimmt«, antwortete Aisner knapp und verzichtete darauf, die Rute in ›Angel‹ zu verbessern.

Die Bemerkung des Jungen erinnerte ihn schmerzlich an ein weiteres Versäumnis. Er hatte Larissa, die damals bei ihrer Rückkehr zum Café freudestrahlend ihren Arbeitsvertrag präsentierte, nicht mit den Details des Überfalls belasten wollen, sondern nur das Wichtigste geschildert. So erfuhr sie weder von dem Hund noch von der Tätowierung.

Auch Aisner selbst vergaß die Einzelheiten; als niedersächsischer Beamter hatte er mit den Ermittlungen der Thüringer Kollegen nichts zu tun. Es überlief ihn jedoch kalt, als Larissa ihm vor wenigen Wochen von einer unangenehmen Gästegruppe berichtete, die sie am Nachmittag bewirtet hatte. Darunter war ein großer, stämmiger Mann gewesen, Mitte Dreißig, mit Wolfsangel-Tattoo und auffallend graufarbenem Schäferhund. Das sei gar kein Schäferhund, sondern ein seltener Tschechoslowakischer Wolfshund, hatte der Mann geprahlt. Aisner war sofort klar: Das musste der Schläger vom Schwanenteich sein! Er rief noch an dem Abend die zuständigen Kripokollegen an. Doch trotz Larissas detailgenauer Beschreibung brachte sie der Hinweis nicht weiter. Der brutale Überfall auf Gerold Goldschmidt schien unaufgeklärt zu bleiben.

»So, jetzt ist's aber genug mit Mord und Totschlag«, erklärte Alois und klopfte dem Jungen auf die Schulter. »Heute ist Larissas und mein Jubiläum, und wir wollen endlich schön essen gehen!«

Sie hatten ihren Spaziergang bis zum Rosenbach ausgedehnt und nahmen den Rückweg über Hospitalstraße, Sand- und Schäferstraße. Sie konnten eben die erleuchtete Fassade des Cafés erkennen, als Aisners Mobiltelefon einen schrillen Sirenenton von sich gab.

»Mist, das ist wichtig.« Er nahm den Anruf an und lauschte den Worten seines Vorgesetzten. Dann ging er in die Hocke, um dem Jungen in die Augen zu sehen. »Heute läuft aber auch alles schief … Ich muss zurück nach Lauterberg.« Er schluckte und richtete sich wieder auf. »Mann, ich hatte mich so auf den Abend gefreut«, grummelte er.

Eagle-Eye sah ihn neugierig an. »Musst du jetzt doch ermitteln? Die kommen nicht ohne dich klar, oder?«

Aisner hätte den Stolz in der Stimme des Jungen hören können, doch seine Gedanken waren bereits zu Igors Mutter vorausgeeilt.

Larissa empfing sie niedergeschlagen. »Ich komme hier noch nicht weg«, murmelte sie.

»Das macht jetzt auch nichts mehr«, entgegnete Alois leise und erklärte seine Situation.

Einzig Eagle-Eye hatte nichts zu meckern. Er verfolgte mit großen Augen, wie Antje eine Kugel cremiges Bananeneis in einen ausladenden Becher füllte, in dem sie schon Himbeeren, Krokantstreuseln und Mangoeis versenkt hatte. Jetzt setzte sie noch eine gewaltige Sahnekrone obenauf und sah ihn fragend an. »Schokosauce oder Erdbeersauce?«

»Beides.« Eagle-Eyes Antwort kam wie aus der Pistole geschossen.

Antje lachte: »Einmal Cup Surprise für unseren kleinen Feinschmecker! Bitte sehr.«

Konzentriert nahm Eagle-Eye die Leckerei entgegen, die ihm die Wirtin über die Theke reichte. Dass Alo das Café verließ, verfolgte er nur aus dem Augenwinkel.

Eagle-Eye fühlte sich wie ein Ehrengast, weil er an der Theke sitzen durfte. Er löffelte genüsslich Eis und Obst und sah Jürgen vier Flaschen vom Harzer Biobier öffnen. Die Gäste hatten offenbar großen Durst, denn sowohl Jürgen als auch beide Frauen hatten alle Hände voll zu tun. Nicht weit entfernt von der größten Gruppe mit dem verletzten Mann saßen einige jüngere Leute, die Larissa nicht gern zu bedienen schien. An den restlichen Tischen hatten sich Einheimische versammelt, die die Gunst der Stunde nutzten und verstohlene Blicke auf die internationale Besucherschar warfen.

Seine Mama war irgendwie seltsam, fand Igor. Nicht wie sonst. Sie strich ihm nicht im Vorbeigehen übers Haar. Sie erzählte keinen Elefantenwitz. Sie lächelte nicht mal richtig. Als sie merkte, dass er sie ansah, zog sie zwar die Mundwinkel leicht nach oben. Doch dann sah sie gleich wieder ernst aus. Antje warf ihr einen fragenden Blick zu, den sie mit Schulterzucken quittierte. Die beiden sahen sich immer wieder in die Augen, schienen aber selbst nicht schlau daraus zu werden. In dem Trubel konnten sie wohl nicht richtig miteinander reden, vermutete Eagle-Eye und zuckte zusammen, als die Eissoße von seinem Löffel auf die linke Hand tropfte. Auf der Theke hatte sich schon eine klebrige Pfütze gebildet. Zum Glück hatte es noch niemand von den Erwachsenen bemerkt. Antje musste schon wieder Weinkaraffen an die Tische tragen, und Larissa hatte sich gebückt, um diverse Flaschen aus der Kühlung zu holen.

Eine Frau in schwarzer Lederhose und robusten Stiefeln trat an den Tresen. »Geben Sie mir das Biertablett«, forderte sie Jürgen auf. »Das ist doch für die älteren Leutchen, oder? Ich gehe sowieso in die Richtung.«
Jürgen bedankte sich.
Larissa richtete sich auf und sah ihn mit geweiteten Augen an. »Du hast doch nicht...?«
Weiter kam sie nicht, denn der Tischnachbar der Lederfrau tauchte wie aus dem Nichts auf und wies sie barsch zurecht. »Wird das heute noch was mit meinem Alster? Oder ist so ein banales Getränk nicht lukrativ genug für euch, hä?«
Gehetzt sah Larissa zu ihm auf. Eagle-Eye beobachtete die Szene alarmiert. So kannte er seine Mutter nicht! Sie war fahrig und unsicher. Als Antje zurückkam, flüsterte Larissa ihr hektisch »Das Bier!« zu und deutete mit dem Kinn Richtung Goldschmidt-Tisch.
Antje eilte hin, wollte den Zeitzeugen, die mitten in angeregter Diskussion waren, etwas sagen, doch plötzlich mischte sich auch dort einer von der unbekannten Gästegruppe ein. Antje schnappte kurzerhand die Biergläser, knallte sie aufs Tablett, trug es schnell weg und rief den verdutzten Gästen etwas von ›schlaffer Blume‹ zu.
Larissa fummelte an den Knöpfen der Musikanlage, während der Alsterwassertyp sie antrieb: »Nun aber zackig, Schätzchen, ich bin am Verdursten!«
Larissa war blass und hatte zugleich rote Flecken auf den Wangen. Sie sah zu ihrem Sohn hin, ganz kurz nur, aber sie fing Igors Blick. Gleich darauf drehte sie die Musik auf. Sie wollte ihm damit etwas sagen, das kapierte Igor ganz genau. Nur: was bloß?
»Och nee, doch jetzt nicht noch Abba!«, motzte der ungeduldige Gast.
»Doch, das muss sein«, gab Larissa laut und mit Nachdruck zurück. »Dies hier ist mein Lieblingslied. Mein aller-aller-liebstes Lied. Schon immer.«

Eagle-Eye rutschte vom Barhocker und stahl sich aus der Tür. Er ging in die Hocke und wählte 110 auf seinem Notfall-Handy. Von drinnen drang die Melodie von ›SOS‹ zu ihm.

»Kommen Sie schnell ins Café Nikolai«, redete er auf den Inhaber der bedächtigen Telefonstimme ein. Und, einem Geistesblitz folgend, fügte er eine Notlüge an: »Hier gibt's eine Massenschlägerei!«

Er hatte kaum aufgelegt, da erschien schon der erste Streifenwagen. Eagle-Eye lotste die beiden Polizisten ins Café.

»Ich sehe keine Schlägerei«, stellte der Ältere der beiden fest. »Wieso hast du uns gerufen?«

In dem Augenblick entstand ein Tumult am hinteren Ende des Cafés, wo eine Tür in den Garten führte. Die Lederfrau wollte mitsamt einem großen Hund hinaus huschen.

Jürgen nahm am Tresen eine demonstrativ entspannte Pose ein, Hände in die Hüften gestemmt, leicht zurückgelehnt, und begann schadenfroh zu lachen. »Da müssen Sie früher aufstehen«, rief er der Frau zu.

Die anderen Gäste vom gleichen Tisch wuselten durcheinander: zwei Männer versuchten die Tür aufzudrücken, ein anderer bemühte sich den jüngeren Polizisten zurückzudrängen, der angeeilt kam. Eine zweite Frau in schwarzem Minirock wollte sich unbemerkt in die Küche stehlen. In der Hand hielt sie einen ausgeleierten hellbraunen Lederbeutel.

Antje machte ihr einen Strich durch die Rechnung, indem sie ihr von hinten den Beutel entriss, den sie dem Polizisten übergab. »Beweismaterial!«, sagte sie bestimmt.

Larissa atmete durch. Sie zapfte ein großes Bier, das sie ohne das Glas abzusetzen selbst leerte. »Hier war ein Anschlag geplant«, versicherte sie dem erstaunten älteren Beamten. »Ich habe meinen Sohn gebeten, Sie zu rufen.«

Jürgen sah sie verdutzt an. »Echt? Hab ich gar nicht mitgekriegt ...«

Vier weitere Uniformierte betraten das Café Nikolai, darunter zwei Frauen. Die Polizisten hatten sich schnell verständigt, wer welche Gruppe unter die Lupe nehmen sollte. Der älteste von ihnen blieb, wo er war, bei Larissa und Eagle-Eye, wozu sich auf sein Geheiß noch Antje gesellte.

»Mama hat ganz laut in meine Richtung gesagt, dass SOS ihr Lieblingslied ist«, erklärte Eagle-Eye, nachdem die Personalien aufgenommen waren. »Ich weiß natürlich, dass das nicht stimmt. Und das weiß sie. Deshalb wusste ich, dass ich Sie anrufen muss.«

»Aha«, machte der Polizist vage und beschloss, sich diesen Sachverhalt später von der Wirtin noch einmal erklären zu lassen. Die wirkte auf ihn am besonnensten von allen. Zunächst jedoch gab es Dringenderes zu klären. »Was war denn Ihr Problem?«, wandte er sich an Larissa.

»Mein Problem? Meines?« Larissa schüttelte aufgebracht den Kopf. »Das Problem war, dass die Nazis die Zeitzeugen um ein Haar vergiftet hätten!«

»Ach?«, machte der Beamte und blickte hilfesuchend zu Antje. Die winkte ab. »Das soll Ihnen Frau Bokelmann selbst erklären. Sie hat ja alles aufgedeckt.«

Larissa goss sich ein Mineralwasser ein. Die Farbe kehrte zusehends in ihr Gesicht zurück. Sie trank noch einen großen Schluck, dann begann sie zu erzählen.

Vor etwa vier Wochen hatte sie einen merkwürdigen Gast bedient, einen Großsprecher, der mit seinem seltenen Tschechoslowakischen Wolfshund namens Benito prahlte. Der Mann trug eine Tätowierung am Hals, die sie gesehen hatte, als der Hemdskragen bei einer Bewegung verrutscht war. Sie hatte den Mann zu seinen Begleitern sagen hören, man müsse verhindern, dass die Holländer ihren Käse hier verbreiteten. »Die sollen mit dem alten Zeug zuhause bleiben!«

Sie konnte sich zunächst keinen Reim darauf machen. Weil sie wusste, dass die Wolfsangel mitunter von Neonazigruppen als Erkennungssymbol verwendet wird, vermutete sie einen politischen Hintergrund. Als sie abends ihrem Lebensgefährten davon berichtete, Oberkommissar Alois Aisner von der Bad Lauterberger Kripo, schlug der die Hände über dem Kopf zusammen. Das musste der entkommene Täter vom Schwanenteich sein! Und sein Opfer, Goldschmidt, ein KZ-Erinnerer. Das ergab Sinn. Sie informierten die hiesige Polizei, doch es war zu spät. Die Gäste hatten das Café vor Stunden verlassen, und weder Larissa noch Antje oder Jürgen kannten ihre Namen.

»Heute kamen plötzlich diese Unbekannten und setzten sich direkt neben den Tisch von Herrn Goldschmidt«, fuhr Larissa fort. »Ungewöhnlich, denn es waren noch viele Tische frei. Mir fiel auch gleich der große graue Hund auf, den die Frau mit der Lederhose dabei hatte, doch ich konnte ihn zuerst nicht unterbringen. Ich wusste nur, dass ich diesen Hund, der sich unter den vielen Menschen gar nicht wohlzufühlen schien, schon einmal gesehen hatte. Irgendwann machte es Klick: die Frau musste mit dem Schläger zusammenhängen! Und jetzt saß sie neben den Zeitzeugen, von denen die meisten aus Holland kamen. Die Frau wollte garantiert verhindern, dass sie ihre Reden morgen halten. Das war mit dem alten Käse gemeint!« Larissa hielt inne.

Der Polizist nickte ihr anerkennend zu und drehte sich dann zu Antje. »Und Sie? Hat Frau Bokelmann Sie eingeweiht?«

»Ja, wir hatten zwischendurch kurz Zeit in der Küche. Als es noch nicht ganz so hektisch war. Wir hatten beide ein ganz schlechtes Gefühl und haben unauffällig untersucht, ob diese Typen Mordwaffen dabei hatten. Haben ›aus Versehen‹ beim Servieren die Taschen umgestoßen, an der Garderobe die Jacken durchsucht und so. Konnten aber nichts finden. Trotzdem hat uns das nicht richtig beruhigt. Erst ganz kurzfristig wurde uns klar, wie sie es machen wollten.«

»Ach ja?«, fragte der Polizist gespannt, während Antje Luft holte.

»Ich muss noch sagen, dass wir meinen Mann nicht einweihen konnten. Immer wenn ich ihm etwas erklären wollte, stand einer von diesen Typen daneben. Bei Larissa – Frau Bokelmann – lief es genauso. Deshalb dachte mein Mann sich nichts dabei, als die Frau mit der Lederhose das Bier an den anderen Tisch mitnehmen wollte. Er war sogar froh, denn wir hatten genug zu laufen. Doch bei Larissa und mir war es fast Gedankenübertragung. Sie sagte nur ›Bier‹ und nickte in die Richtung, da zündete bei mir der Funke: Die Ledertypen wollten die Zeitzeugen vergiften! Zum Glück war ich noch rechtzeitig am Tisch, bevor jemand vom Bier getrunken hatte.«

»Die haben vielleicht doof geguckt, als Antje ihnen die Gläser weggeschnappt hat«, meldete sich Eagle-Eye zu Wort. Bevor er weiterreden konnte, überkam ihn ein starkes Gähnen.

»Wir sind gleich fertig, die Damen und der junge Herr«, erklärte der Polizist. »Ich muss nur noch wissen, wo ich das besagte Bier finde.«

Antje schlug die Hand vor den Mund. »Ich glaube, das habe ich weggekippt. Ganz automatisch …«

»Aber die Gläser«, warf Larissa ein, »die stehen noch vor dem Regal. Die haben wir noch nicht abgewaschen.«

»Das sollte reichen.« Der Beamte rieb sich die Hände.

Am übernächsten Tag brachten Zeitungen in ganz Thüringen und in Südniedersachsen gleich zwei Schlagzeilen aus dem beschaulichen Harzort Ellrich.

›92-jähriger Ex-Insasse spricht zum ersten Mal in Juliushütte‹ lautete die eine Überschrift.

›Grundschüler verhindert Mordanschlag‹ war der andere Titel. In dem Bericht hieß es:

Der elfjährige Igor B. rief die Polizei, als eine Gruppe von Rechtsradikalen mehrere Menschen vergiften wollte. Der Schüler erkannte den Trick an einem zu großen Eisbecher und weil ein Kampfhund bei einer bestimmten Musik zu jaulen begann. Dem Vernehmen nach soll es sich um das Lied einer schwedischen Popgruppe gehandelt haben.

Anmerkungen:

- Das Café Nikolai in Ellrich gibt es tatsächlich, und es lohnt unbedingt einen Besuch!

- Kriminaloberkommissar Alois Aisner und sein Stiefsohn mit dem bemerkenswerten Namen Eagle-Eye sind die Helden meiner im EPV-Verlag erscheinenden Harzkrimis.

  Die Geschichten sind zwar chronologisch geordnet, lassen sich aber unabhängig voneinander lesen. Bislang sind verfügbar:

  - Die Hexenpapiere   ISBN 9783947167159
  - Jenseits der Spur   ISBN: 3947167539
  - Wer mit Wölfen spielt   ISBN: 3969010004

Anja, Manja, Tanja
Frauen und ihr Überraschungsmoment

Anja, Manja und Tanja sind Drillinge. **Eineiig**. *Das hat Vor- und Nachteile ...*

Lia besucht gern ihre Omi im Handarbeitsladen, auch wenn es ihr dort ein wenig unheimlich ist. Einmal hört sie einen Kunden auf die Großmutter einreden. Lia wundert sich: Kann Omi wirklich **Wetter stricken**?

Karla und ihre Cousine Irene wollen an der Ostsee die Seele baumeln lassen. Doch in der Nebensaison ist alles ein wenig anders; sie treffen auf undurchsichtige Gestalten. **Die schwarze Dame von Dahme** *ist nur eine von ihnen ...*

Linette hat es mit Seen, dem Meer und mit **Untiefen**. Haben die Leute im Ort Recht, wenn sie behaupten, Linette sei zu dicht am Wasser gebaut?

Etwas Derartiges würde niemand der umwerfenden jungen Dame mit den auffällig lackierten Fingernägeln nachsagen. Die scheint nur auf eines aus zu sein: dass sich ein **Dicker Fisch im Netz** verfängt.

Eineiig

»Es war einfacher als ich gedacht hatte!«
Manja triumphierte, und sie sprudelte, ohne auf ein ›oh?!‹ von mir zu warten, weiter. »Um sie an den Rand der Güllegrube zu lotsen, habe ich ihre Neugier benutzt. Ich habe ihr erzählt, es brodelt und blubbert darin wie in einem Whirlpool.«

Ich verzichtete ganz bewusst auf ein ›ui!‹, wenngleich ich die Idee im Stillen anerkennen musste. Manja spürte das und lachte selbstgefällig. »Jetzt bin ich es, die Cocktails und Champagner schlürft, während Anja ...« Sie ließ den Satz unvollendet.
»Niemand wird es bemerken«, versicherte ich nach einer Kunstpause. »Das Aussehen stimmt bis in die Haarspitzen.«

Manja nickte. »Endlich ein Vorteil dieser verdammten Eineiigkeit! Was glaubst du, wie mir das zum Hals rausgehangen hat: immer diese Vergleiche. Als ob die liebe Anja in allem taffer wäre, nur weil sie sich ein paar Minuten eher durch den Geburtskanal gedrängt hat. Aber damit ist Schluss! Die reiche Witwe geben – das kriege ich genauso hin.«
Sie gluckste voller Vorfreude.

Ich sagte nur ›ach?‹, dann wartete ich. Wenige Sekunden. Schon begann Manja irritiert zu blinzeln ... der Schwindel! In einer aromatischen *Bloody Mary* schmeckt man andere – nun ja: Zutaten – nicht. Als ihr noch schwummeriger wurde, begriff sie. Unser Spaziergang hatte uns nicht zufällig den steilen Böschungsweg an der Talsperre entlang geführt.
Sie riss noch einmal die Augen auf. »Tanja...?!«
»Niemand wird es bemerken«, wiederholte ich.

Wir sind eben eineiige Drillinge ...
... uuups ...
... gewesen.
Diese heimtückischen Stolperfallen aber auch ...

Wetter stricken

Lia hörte noch, wie die Frau des Schwanenwirtes zur Kioskbesitzerin ›Da hat die Hexe ihre Finger im Spiel‹ sagte und die andere ›Garantiert!‹ antwortete, dann sahen die Frauen sie kommen und verstummten. Lia tat so, als wäre nichts, und kaufte ihr Zitroneneis. Sie bekam auch wieder einen Kirsch-Lolli als Zugabe. Sie kannte das. Natürlich war von ihrer Omi die Rede gewesen. Immer wenn böse Dinge im Dorf passierten, kam die Rede auf Omi.

Omi selbst zwinkerte ihr zu, wenn die Leute wieder zu tratschen begannen, und sagte etwas wie »Wer weiß, vielleicht war ich's ja wirklich.« Doch so etwas Schlimmes wie jetzt geschah nicht alle Tage. Lia konnte sich nicht vorstellen, dass Omi ihr diesmal zuzwinkern würde. Torsten Petersen junior, der eine Wirt von ›Torstens Dorfkrug‹, war in der Jauchegrube vom Erlenhof gefunden worden. Mit dem Gesicht nach unten. »Der säuselt nicht mehr«, hatte Lia die Polizistin sagen hören.

Der andere Wirt, Torsten Petersen senior, hatte die Tür des Gasthofs abgeschlossen. Doch er hatte vergessen die Vorhänge zuzuziehen, und so konnte jeder, der vorüberkam, ihn beim Korntrinken beobachten. Er hockte hinter dem Tresen und goss stumpfsinnig Schnaps in ein Wasserglas, das er dann mit einem Zug leerte. Viele kamen an diesem Tag dort vorbei. Die meisten hatten den Tipp von der Schwanenwirtin.

»Glauben die Leute denn, dass du den Dorfkrug-Torsten in die Jauche geworfen hast?«, fragte Lia, kaum dass sie Omis Laden betreten hatte. Omi legte einen Finger über die Lippen und deutete mit dem Kinn zur hinteren Regalwand. Im Halbschatten stand eine Frau mit langen, lockigen, grauen Haaren, die Lia nicht kannte, und befühlte die teure Angorawolle.

Lia trat vom einen Fuß auf den anderen, während die Lockenfrau sich von Omi passende Stricknadeln empfehlen ließ und schließlich bezahlte: 149 Euro! Lia hatte sich hinter den Makramee-Vorhang zurückgezogen, der den Laden von Omis Wohnzimmerflur trennte, und blieb so ruhig wie möglich, denn sie wollte auf keinen Fall dieses sensationelle Geschäft gefährden.

Als die Frau gegangen war, schoss Lia hinter dem Vorhang hervor, baute sich vor Omi auf und blickte zu ihr hoch.

»Ach, was weiß denn ich, was die Leute glauben«, sagte Omi und sah zum Fenster hinaus auf die Straße, in die Ferne.

»Die Schwanenwirt-Frau hat wieder ›Hexe‹ gesagt, warum macht die das?«, fragte Lia.

Omi antwortete nicht direkt. Sie hatte die Augen immer noch in die Ferne gerichtet. Sie brummte. »Ausgerechnet die muss die Klappe aufreißen.«

Lia fragte am Abend Sabine, ihre Mutter, nach dem Hexengerede.

»Ja, weißt du«, sagte Sabine nach einer Pause, »wenn man aus dem Harz kommt und Rumpelmann heißt, dann ist das für manche eine Steilvorlage.« Dabei warf sie genau den gleichen entrückten Blick aus dem Fenster wie Omi vorher.

»Wollen die Omi mobben?« Lia runzelte die Stirn.

Sabine lachte kehlig. »Die Menschen hier im Norden sind genauso abergläubisch wie die in Harzgerode, Braunlage oder Rübeland.«

Dann rief Papa, dass die Minna bald kalben würde, und Sabine musste zurück in den Stall.

Lia dachte über Omis Namen nach. Natürlich kannte sie die Geschichten von Ottfried Preußler und wusste, dass die Muhme Rumpumpel eine unbeliebte Wetterhexe war. Doch Omi lebte seit mega-vielen Jahren hier in Schleswig-Holstein, und der Harz war weit weg.

Am nächsten Tag hörte Lia zwei Lehrerinnen in der Pausenhalle von Voodoo-Puppen reden. Was sie verstand – auch wenn es nicht viel war – klang spannend bis zum Rückenprickeln. Man schien diese Puppen stricken zu können.

»Kennst du dich damit aus?«, fragte sie Omi, als sie nach der Schule direkt in den Wollladen lief.

Omi seufzte. »Ich weiß, was das ist, ja«, antwortete sie und schob Lia auf den zweistufigen Holzhocker, der auch als kleine Leiter diente. Sie sah ihr in die Augen. »Ich habe früher immer den Kurs ›Tierchen und Püppchen häkeln‹ angeboten, der war für junge Mütter und Taufpaten gedacht. Die Leute kamen aus Eutin und Kiel her und liebten mich dafür.« Wieder dieser Blick in die Ferne.

»Und dann?«, fragte Lia.

Omis Augen wurden dunkler und klarer und langten wieder bei Lia an.

»Die Leute von hier fingen an zu tuscheln. Ich hätte Puppen nach dem Abbild meiner Feinde geschaffen und sie mit Nadeln durchbohrt.«

»Aber hast du denn Feinde?«, fragte Lia.
»Wer, bitte, hat keine Feinde«, sagte Omi und schnaubte.

Da kündigte die Türklingel laut schellend Besuch an, und ein großer Mann im meerblauen Anzug betrat den Laden. Er warf einen entgeisterten Blick auf den überdimensionalen Wollkorb im Eingangsbereich, dann fixierte er Omi.
»Ja bitte?«, fragte sie.
Der Mann räusperte sich. »Entschuldigen Sie, dass ich hier so hereinplatze, Frau Rumpelmann, und ... ich weiß, mein Anliegen ist etwas ... ungewöhnlich.«
»So so.« Omi schlug die Arme vor der Brust zusammen. »Was genau soll das heißen?«
»Also, wie drücke ich mich aus ...« Der Meerblaue hüstelte. »Man sagt, dass Sie, wenn Sie wollen, gewisse Dinge ... beeinflussen können.«
Lia wusste: es war höchste Zeit, sich hinter den Makramee-Vorhang zurückzuziehen. Diese Situation versprach viel zu spannend zu werden, als dass sie riskieren wollte, aufzufallen und nach Hause geschickt zu werden.
Omi schwieg und sah den Mann an, als entstamme er einer ihr entfernt bekannten Spezies.
»Ich bin vom Ministerium für Landwirtschaft, Umwelt und ländliche Räume«, sagte der Fremde. Er ließ die Schultern hängen. »Hätten Sie vielleicht einen Stuhl für mich?«
Omi schon ihm den Holzleiter-Hocker hin.
Sie blieb vor ihm stehen und stemmte die Hände in die Hüften.
»Ach ja, wenn man doch nur das Wetter ändern könnte ...« Er sprach den Satz nicht zu Ende.
Omi sah zu ihm herunter. »Wer schickt Sie?«
Der Mann begann, sich mit der Hand Luft zuzufächeln. »Schicken würde ich es nicht direkt nennen ... aber Sie ... wie sage ich es ... kannten doch unseren früheren Staatssekretär. Den mit dem Segelunfall meine ich.« Er blies die Backen auf, dann stieß er die Luft aus. »Übrigens darf natürlich niemand erfahren, weshalb ich bei Ihnen bin.«
Omi begann zu kichern. »Ich weiß es ja selbst noch nicht.« Dann wurde sie wieder streng.
»Also erstens, junger Mann«, sagte sie schließlich, »wenn Ihr Besuch hier nicht auffallen soll, müssen Sie schon Wolle kaufen.« Sie machte zwei, drei Schritte auf das Regal mit den handgefärbten Biogarnen zu. »Und zweitens:

Sie sind doch bestimmt nicht extra aus Kiel angereist, um einen netten Plausch übers Wetter zu halten?« Der Mann öffnete den Mund, doch Omi war noch nicht fertig. »Und drittens: Wie wäre es, wenn Sie mir Ihren Namen verrieten?«

»Lachmann.« Er blickte auf den Boden. »Doch momentan habe ich nichts zu lachen. Wir alle nicht. Die Umwelt. Die Landwirte. Die Tiere.« Er betupfte mit einem weißen Stofftaschentuch die Stirn. »Zu viel Sonne, zu viel Hitze. Dürre. Wir haben Noternten beim Getreide, der zweite Grasschnitt fällt aus, das Tierfutter wird knapp.«

»Und Sie wollen von mir jetzt, dass ich ... frisches Gras stricke?«

Lachmann lachte nicht. Er sah Omi ernst an, aber auch erwartungsvoll. »Mir kam zu Ohren, Sie könnten ... das Wetter ... vielleicht ein wenig ... mitgestalten.«

Omi war einen kleinen Moment lang sprachlos, dann lachte sie laut auf. »Was glauben Sie, was ich tun kann? Soll ich etwa die Sonne wegzaubern?«

»Das wäre wohl etwas zu viel des Guten.« Lachmann begann, sich am Ringfinger zu zupfen. »Aber vielleicht könnten Sie sie zeitweise hinter einer Wolke verschwinden lassen?«

Als die Ladentür aufflog, sprang der meerblaue Gast vom Hocker auf, strich sich die Jackenärmel glatt und flötete: »Ja, genau, Frau Rumpelmann, sehr gut, sehr gut, diese Sorte ist die richtige.«

Lia konnte durch die Fäden des Vorhangs hindurch sehen, wie er zusammenzuckte, als Omi ihm den Preis nannte. Er zahlte jedoch, ohne zu murren, und sagte schließlich in Richtung der neuen Kundin, die ihn ungeniert musterte: »Für meine Frau, ja, ja, die Wolle ist für meine Frau, verstehen Sie?«

Sobald Lachmann das Geschäft verlassen hatte, kam die Kundin – es war die Bürgervorsteherin, wie Lia wusste – auf Omi zugestürzt. »Sag ehrlich, Arabella«, tönte sie, »du wusstest doch, was dieser Kerl, dieser Wirt, für ein Schwerenöter ...«

»Lia, Liebes«, rief Omi und hielt schnurstracks auf den Makramee-Vorhang zu. »Ich glaube, zu Hause warten sie auf dich.«

Lia stapfte von dannen, ohne sich umzudrehen, und wiederholte im Kopf bei jedem Schritt dieses eine Wort.

Ein paar Meter vom Hof entfernt sah sie ihre Mutter, die ihr mit dem Feldhäcksler entgegenkam. Lia wartete, bis Sabine vom Trecker gesprungen war und sich die verklebten Haare aus der Stirn gewischt hatte.

Dann stellte sie ihre Frage: »Was ist ein Schwerenöter?«

»Warum willst du das wissen?« Sabine sah ihre Tochter eindringlich an. Als Lia nur zurückstarrte, räusperte sie sich. »Also, na ja, das ist ein Mann, der ... äh ... in schwerer Not ist.«

Lia war klar, dass ihre Mutter ihr etwas verschwieg.

Nach dem Abendessen begleitete sie ihren Vater in den Stall, Kälbchen gucken. Und ein bisschen schnacken.

»Schwerenöter? Wo hast du denn dieses altmodische Wort her?« Vati lachte. »Ich wusste gar nicht, dass man das heute noch sagt. Ich dachte, das heißt jetzt *Womanizer* oder so. Deine Oma hat immer ›Schwerenöter‹ gesagt, als sie auf ihren Heinz geschimpft hat, weißt du. Der war so eine Art Frauenheld.«

»War das der große Dicke?«

Vati lachte. »Nein, Schatz, den Heinz hast du nicht gekannt, das war vor deiner Zeit.« Er stutzte. »Aber ich habe ein Bild von ihm, komm mit ins Stallbüro.«

Er nahm ein gerahmtes Foto von der Wand, das mittig über dem Schreibtisch hing. »Sieh mal, er war hier bei uns, als wir das Richtfest für den Laufstall gefeiert haben. Das war damals in dieser Gegend was Besonderes.«

Lia deutete auf den einzigen Mann mit Krawatte. »Und wieso war der so komisch angezogen?«

»Der wollte ja nicht mitarbeiten. Er war ein hohes Tier im Landwirtschaftsministerium und hat uns eine Plakette überreicht.«

Vati wiegte auf dem Rückweg in die Stallgasse den Kopf hin und her. »Eine Innovationsplakette. Für ganz moderne Betriebe, weißt du. Waren gute Zeiten damals.«

»Aber Omi ist nicht mit auf dem Bild. Hatte er eine andere Frau dabei?«

Wieder lachte Vati. »Nein, damals war die Welt noch in Ordnung. Aber später ... Omi wurde da so böse auf ihn, dass man nicht mal mehr eine Flasche ›Heinz Ketchup‹ auf den Tisch stellen durfte.«

Lia reichte ohne Murren Milcheimer, Kälberzapfen und Mistforke an und ließ Vati schön reden. Er war in Plauderlaune.

»Der Torsten vom Dorfkrug, der ist auch so einer. Also – war. Über Tote soll man natürlich nicht schlecht sprechen, aber ... was der seiner Frau angetan hat, war gar nicht nett. Nee, nee, immer die jungen Frauen anquatschen, das macht man nicht, weißt du.«

»Jetzt säuselt er nicht mehr«, sagte Lia.
Da lenkte Vati das Gespräch schnell auf neugeborene Kälbchen.

Am nächsten Tag rieb sich Lia die Augen. Hinter dem Makramee-Vorhang war die Welt himmelblau. Omi hatte den großen Wollkorb hierher gehievt, und ein aufgerissener Riesenkarton stand daneben. Lias schmaler Körper hatte kaum noch Platz im Flur.
»Wieso hast du denn so viel blaues Garn bestellt?« Lia strich über ein einzelnes flauschiges Knäuel. Es lag auf einem Zwölferpack Strumpfwolle, und darunter sah sie faseriges Topflappengarn.
Omi hob den Karton an und schnaufte. »Das ist alles, was ich an blauer Wolle auftreiben konnte.«
Lia sah Omi in die Augen.
»Na, du weißt doch: das Wetter ist zu gut. Jetzt will ich das Blaue vom Himmel runterstricken.«
Auf dem Nachhauseweg überlegte Lia, ob Omi vielleicht auch Blitzschläge stricken konnte, die jemanden trafen. Oder Schlangenfäden, die sich in Haaren verhedderten.
Lia musste noch mal mit Vati in den Stall. »Was ist mit diesem Heinz passiert?«, fragte sie, während sie zusammen die Anbindestricke sortierten.
»Ach, der kam bei einem Segeltörn um. War wohl zu weit rausgefahren. Plötzlicher Orkan. Völlig falscher Wetterbericht.«
Lia nickte still.
Vati blickte auf. »Wie kommst du denn darauf, dass dem was passiert ist?«
Lia zuckte nur mit den Schultern.

Als die nächste schlimme Nachricht kam, war Lia zusammen mit ihrer Mutter im Laden. Sabine wollte die blaue Decke bewundern, von der Lia erzählt hatte. Omi nannte sie Himmelszelt.
Sabine hatte Marzipantorte dabei; sie war extra in die Stadt gefahren, um Omis Lieblingskuchen zu besorgen.
Sie konnten gar nicht so schnell die Gabeln weglegen, wie die Bürgervorsteherin in den Laden gepprescht kam und rief: »Es hat die Zugezogene erwischt, Arabella. Du weißt schon, die mit den langen grauen Haaren.«
»Keine Ahnung, von wem du sprichst«, sagte Omi mit verhangenem Blick.

Während die Erwachsenen aufgeregt über die Festigkeit von Angorawolle spekulierten und Omi irgendwas von Allergien erzählte, die zum Tod führen konnten, zog Lia sich hinter den Vorhang zurück. Omi war beschäftigt, da konnte sie endlich einen Blick in das hintere Zimmer werfen, in das sie eigentlich nicht durfte.

Sie wurde von dem Foto regelrecht angezogen. Darauf war der gut gekleidete Heinz zu sehen, der eine Frau mit langen, lockigen Haaren im Arm hielt. Die Haare waren rotblond, doch Lia erkannte die Frau sofort. Es war dieselbe, die neulich Angorawolle gekauft hatte. Das Glas vom Bilderrahmen war zerbrochen, und einige Scherben stachen in einem merkwürdig spitzen Winkel ab, wie Lia noch keinen gesehen hatte.

Dann entdeckte sie die Häkelfiguren. Ein grimmig aussehender Hund war dabei, eine große Gans mit langem Hals und rotem Strick darum, zwei Ratten und mehrere Puppen, meist mit Männergesichtern. Diese da, in der grauen Jacke, hatte erstaunliche Ähnlichkeit mit dem Dorfkrug-Torsten junior. Lia legte sie so zurück, wie sie sie gefunden hatte, mit dem Gesicht nach unten auf eine Art Teppich, rund und unappetitlich braun.

Lia hörte ihren Namen, doch Marzipantorte war ihr jetzt egal. Als es richtig laut wurde, war ihr klar, dass es Omi war, die ein Donnerwetter veranstaltete.

Lia sah aus dem Fenster. Alles Blau war vom Himmel gewichen.

Es schüttete wie aus Hexenkesseln.

Die schwarze Dame von Dahme

»Endlich haben wir es geschafft!«

Meine Kusine Irene seufzte theatralisch, als sie den Sicherheitsgurt löste. »Wurde aber auch Zeit!«

Ihre Bemerkung war doppeldeutig. Ich freute mich, dass ich sie auf meine Art auslegen konnte, auch wenn ich sehr genau ahnte, was sie meinte: mein Fahrstil war ihr zu vorsichtig, die Fahrt hatte zu lange gedauert, die Sitze waren nicht bequem genug. Immerhin war mein guter, alter Emilio, treuer Begleiter aus dem Hause Fiat, nicht wie ihr Premium-Cabrio ständig wegen Fusseln auf dem Lack in der Werkstatt. Doch ich beschloss sowieso, die Bemerkung auf etwas anderes zu beziehen: »Du hast Recht, immerhin wollen wir schon seit einem Jahr diesen Ausflug machen. Seit meinem 44., erinnerst du dich?«

Irene knurrte kurz, während sie ihre tabakbraune Ziegenlederjacke vom Rücksitz zog, schwenkte dann aber auf meine Linie ein. »Wenn sie schon aus NRW in Scharen kommen, um hier zu entspannen, müssen wir auch mal wieder einen Blick auf die Gegebenheiten werfen.«

Ich verstand die Logik zwar nicht, war aber selbst neugierig, wie sich der Ort mit der hübschen Architektur seit meinem letzten Besuch verändert hatte. »An einigen schönen Häusern sind wir ja schon vorbeigefahren. Hoffen wir, dass wir eine ansprechende Unterkunft finden.«

Irene seufzte laut und deutlich. »Das dürfte so früh im März nicht einfach sein.«

»Ach, weißt du, wenn zu Ostern die Saison beginnt, möchte ich mich hier nicht um die Plätze im Restaurant balgen. Und mit den Karnevalsflüchtern wollte ich mich auch nicht durch die Straßen schieben.«

»Karnevalsflüchter?«

»Na, du hast doch selbst gesagt, dass viele Touristen aus NRW nach Dahme kommen. Nämlich zum Beispiel die, die dem Alaaf-Gebrüll und den fliegenden Kamellen entwischen wollen.«

»Verstehe ich.« Irene warf mir einen verschwörerischen Blick zu, als sie auf den Klingelknopf am Eingang eines properen Friesenhauses drückte.

Wir fuhren beide zusammen, als das Erdgeschossfenster neben der Haustür mit einem Ruck aufflog. Würziger Duft nach frisch gebackenem Brot wehte uns an, bevor ein strubbeliger Blondschopf sichtbar wurde.

Gleich darauf sahen wir auch das Gesicht: ein vielleicht 40-jähriger Mann lugte mit leichtem Silberblick zu uns heraus. »Tut mir leid«, sagte er und sah wirklich bedauernd drein. »Wir haben eine geschlossene Gesellschaft im Haus, ich kann nichts für Sie tun.«

»O doch, könnten Sie. Wenn Sie nur wollten.« Mein Magen hatte ein forderndes Gluckern von sich gegeben. »Sie könnten uns eine Scheibe Brot reichen.«

Irene warf mir einen konsternierten Blick zu und wandte sich dann an den Mann. »Meine Kusine macht Witze. In Wahrheit suchen wir ein Zimmer für zwei Nächte.«

»Tja.« Der Mann zuckte die Achseln. Er zog den Kopf zurück, und ich machte mich darauf gefasst, dass das Fenster so ruckartig zufiel, wie es aufgegangen war. Doch plötzlich erschien eine behaarte Hand, die eine hellgrüne Papierserviette umfasst hielt, in die etwas Duftendes eingewickelt war. Dann erschien auch das Gesicht wieder. »Mit dem Zimmer kann ich Ihnen nicht helfen. Aber hier ist eine Scheibe vom frischen Brot. Damit Sie bei Ihrer Suche durchhalten.«

Ich war zwei, drei Schritt nach links getreten, zum Fenster hin, und nahm die Gabe in Empfang. »Das duftet köstlich. Sind da Kräuter drin?«

»Ja, das ist Dinkelvollkorn mit Thymian und Dahmer Geheimmischung. Ein Gedicht zu Matjes.«

Irene setzte eilig zu einer Frage an. Womöglich befürchtete sie, ich könne sonst auch noch nach dem Fisch verlangen. »Haben Sie vielleicht noch einen Tipp für unsere Zimmersuche?«

»Hm. Viele Vermieter machen gerade Pause. Aber versuchen Sie's mal in der Parallelstraße.« Der Brotbäcker hob noch die Hand zum Gruß, dann zog er sich flugs in seine Küche zurück.

»Das lässt sich ja gut an.« Irene klang bedient.

Ich beschloss erneut, sie misszuverstehen. »Das finde ich auch«, sagte ich kauend. »So zuvorkommend bin ich selten abgewiesen worden.« Damit reichte ich ihr die Hälfte der Brotscheibe. Na ja, fast.

Wir beschlossen, die Parallelstraße zu Fuß zu erkunden, denn nach der ausgedehnten Fahrt von Lübeck durch die Küstenorte war uns nach einem Spaziergang zumute.

Wieder war es Irene, die vor einem Haus anhielt. Es war groß, weiß getüncht, mit Stuckelementen um die Fenster und zwischen den Stockwerken; das edelste Bauwerk weit und breit. Typisch meine Kusine.

›Vacant rooms‹ stand in verschnörkelten, goldfarbenen Buchstaben auf einem weißen Metallschild. Durch eines der Erdgeschossfenster drang ein zwar äußerst schwacher, aber warm anmutender Lichtschein.

»Drück du«, ordnete Irene an, als wir vor dem Klingelschild standen. »Ich habe heute den Pechfinger.«

Ich schielte zu ihr hinüber und bemühte mich um einen verruchten Gesichtsausdruck. »Und mir traust du?«, wisperte ich rau. »Man nennt mich den ›schlimmen Finger von St. Lorenz Nord‹.«

Irene lachte laut auf. »Du hast vielleicht ein Händchen für Kriminalfälle, aber hier brauchen wir hoffentlich weder lange Finger noch einen Dietrich.«

Ich tat also, wie mir geheißen, und gleich darauf drangen aus dem Inneren des Hauses aufgeregte Stimmen zu uns. Wir hörten eine Tür klappen, dann energische Schritte, die näher kamen. Ein Schlüssel drehte sich zweimal im Schloss, und schließlich standen wir einer hochgewachsenen, kantigen Frau um die sechzig gegenüber, die ganz in schwarz gekleidet war. *Ein Trauerfall, wir werden wieder gehen müssen*, schoss es mir durch den Kopf.

»Wir möchten gern zwei Nächte bleiben«, säuselte Irene, und nach kaum wahrzunehmender Pause fuhr sie fort: »Schönen guten Abend erst einmal. Irene von der Tide. Ich hatte uns per E-Mail angekündigt.«

Ich staunte nicht schlecht. Bislang hatte ich Irenes kriminelle Energie für unterentwickelt gehalten, doch diese Lüge ging ihr so fluffig über die Lippen, als hätte sie den ganzen Tag dafür geübt. Wie sie auf diese Unverschämtheit kam, erklärte sie mir später: sie konnte, anders als ich, weit in den Hausflur sehen und hatte einen entzückenden Kronleuchter erblickt, flankiert von zwei Art-Déco-Spiegeln im Tiffany-Stil.

Die Hausherrin ließ sich nichts anmerken. Eine wahre Dame, sicherlich ganz nach Irenes Geschmack. »Ja, natürlich, kommen Sie doch herein.« Sie trat einen Schritt zurück. »Wir haben allerdings nur noch ein Doppelzimmer frei. Im Dachgeschoss. Da haben Sie wirklich Glück gehabt, im Ort ist so wenig geöffnet, da kommen alle Gäste zu uns.«

Irene schien gar nicht richtig zuzuhören. Ihr Blick wanderte von den Spiegeln zur raffinierten Wandgarderobe mit knopfrunden Haken aus Messing, die in der Höhe versetzt waren. »Französisches Art Déco, nehme ich an?«, fragte sie. Die schwarze Dame warf meiner Kusine einen flüchtigen Blick zu, dann räusperte sie sich. »Ich zeige Ihnen eben Ihr Zimmer, ja?«

Wir folgten ihr über eine breite, mit fein gewebtem, apricotfarbenen Teppich ausgelegte Holztreppe in den zweiten Stock. Sie geleitete uns zum Ende des Flurs und öffnete eine perfekt aufgearbeitete, weißlackierte Tür.

»Oh, wie schön!« Irene war ans Fenster vorgeprescht und stellte fest, dass das Zimmer über Meerblick und über einen zierlichen Balkon mit schmiedeeisernem Gitter verfügte.

Unsere Gastgeberin räusperte sich noch einmal, diesmal klang es in meinen Ohren gekünstelt. »Ich muss Sie um Vorkasse bitten. Wir haben ... leider gerade in der vorigen Woche sehr schlechte Erfahrungen ...«

Sie musste gar nicht ausreden. Irene hatte ihr Portemonnaie hervorgekramt und blätterte schon im Scheinfach. »Das war noch gleich wieviel, Frau – äh ...?«

»Kaiser.« Die Hausherrin schien einige Sekunden zu zögern. »Ich bin Frau Kaiser, und das Zimmer kostet 198 Euro für die beiden Nächte.«

»Ui, das ist aber ...« Ich wollte handeln. Das ist zwar nicht direkt ein Sport von mir, doch widerstandslos einen stolzen Preis zu zahlen, ist auch nicht meine Art.

»Schon gut.« Irene wedelte mit der Hand in meine Richtung. »Ist ja mit Frühstück, und das ist sicher großartig ...?« Sie wartete auf Bestätigung, wenigstens durch ein Nicken, doch Frau Kaiser war offensichtlich abgelenkt, denn im Treppenhaus rief jemand.

»Komm endlich!«, hörten wir eine Männerstimme dumpf durch die geschlossene Tür. Irene reichte der Frau vier Fünfzig-Euro-Scheine, die sie geistesabwesend in ihre Hosentasche steckte.

»Können Sie uns sagen, wo wir etwas zu essen bekommen?«, wollte ich noch wissen, bevor die Hausherrin entschwand.

Sie drehte sich brüsk zu mir. »Na, hier jedenfalls nicht. Gehen Sie an die Strandpromenade, da sind mehrere Restaurants.« Damit eilte sie von dannen.

»Huch – was war das denn?«, sagte ich zu Irene. »Die ist aber unfreundlich.«

»Nun stell dich nicht an. Das hat doch echt Stil hier, und das Zimmer ist schön groß. Und dann dieser Blick ...«

»Ja, ja, das Meer als Pfütze ganz hinten, und im Vordergrund viele herrliche Dächer.« Ich seufzte so überkandidelt, dass ich selbst lachen musste.

»... und für zwei Nächte wirst du es wohl mit mir in einem Zimmer aushalten können.«

»Ich mit dir schon, aber umgekehrt? Dir ist wohl nicht klar, dass mit schlimmen Fingern oft auch eine schlimme Kehle verbunden ist? Man nennt mich nämlich auch den ›Höllenschnarcher von St. Lorenz Nord‹ ...«

Irenes Laune war zusehends besser geworden, und nun ließ sie sich zu der Bemerkung hinreißen, sie lade mich zu dieser Übernachtung ein.

»Dann zahle ich das Abendessen!«, rief ich. »Und zwar drei Gänge. Ich habe mordsmäßigen Hunger!«

»Ach, bist du das etwa, der ›Schlinger von Lübeck-St. Lorenz‹?«, flötete Irene, während sie ihre Jacke überwarf und auf dem Weg zur Zimmertür meinen Boxhieben auswich.

Im Erdgeschoss trafen wir auf Frau Kaiser. Sie hatte nun auch noch ein schwarzes Schweißband um die hochgesteckten Haare angelegt, als wollte sie ins Fitnessstudio.

»Ich muss mich für meinen Aufzug entschuldigen«, sagte sie, als sie meinen Blick bemerkt hatte. »Wir müssen vor der Hauptsaison noch so einiges renovieren. Deshalb war ich vorhin leider auch etwas ungeduldig. Bitte sehen Sie mir das nach.«

»Eine Dame erkennt man an ihren Umgangsformen, nicht am Äußeren«, gab Irene zum Besten. Sie selbst, geborene Antons, verheiratete und glücklich geschiedene von der Tide, hatte schon lange vor ihrer Ehe auf Etikette geachtet und wies mich gern darauf hin, dass auch ich, selbst in meinem Alter noch, Chancen auf einen niveauvollen Herrn hätte, wenn ich nur nicht immer als schlimmer Finger, Schlinger und *criminal mind* auftreten würde.

»Das Auto nehme ich auf dem Rückweg mit«, erklärte ich, denn ich wollte auf direktem Weg zur Restaurantmeile von Dahme.

Hatte Frau Kaiser nicht ›Strandpromenade‹ gesagt? Ich hielt meine Nase in den Wind und sog die Luft ein, als wollte ich hyperventilieren, doch ich machte nicht einmal molekülweise die Spur von herzhaftem Duft aus.

»Keine Beleuchtung weit und breit«, verkündete meine Kusine und vergaß ihre Umgangsformen, »so'n Scheiß!«

Auf dem Weg hierher hatten wir über die Nährstoffe von Dorschfilet in Senfsauce, gegrillte Calamari und Pizza mit Steinpilzen und Rucola philosophiert, und jetzt hätten wir unser letztes Hemd für einen Dönerladen gegeben. Doch niemand wollte unser Hemd.

Da hatte ich die Erleuchtung. »Ich habe ein Glas Wiener Würstchen im Auto! Und eine Tube Senf! Das sollte ich meinem Nachbarn vom Supermarkt mitbringen, doch dann war er nicht zu Hause.«

Irene strahlte mich an. »Ernsthaft? Wiener? Die knackigen etwa?«

Ich durchwühlte schon meine Taschen nach dem Autoschlüssel, fand ihn jedoch nicht.

»Ist das nicht dieses Monster von Schlüsselbund an dem Anhänger mit diesem kitschigen Bild von der Drehbrücke?«, fragte Irene, und ich hätte schon wieder etwas an ihren Umgangsformen auszusetzen gehabt, wäre ich eine vornehme Adlige gewesen.

»Ja.« Ich brummte, um die Kommunikation wenigstens rudimentär aufrecht zu erhalten. Meinen Lokalpatriotismus als kitschig abgestempelt zu sehen, passte mir nicht.

Doch Irene überging meine Verstimmung. Sie sprach eifrig weiter: »Das Ding liegt auf dem Biedermeiertischchen in unserem Hotelzimmer.«

Ich legte einen Sprint hin, den ich mir selbst nicht zugetraut hätte, und ließ Irene einfach zurück.

Als ich wenig später mitsamt meiner Beute aus dem herrschaftlichen Haus trat, kauerte meine Kusine auf einem Steinmäuerchen am Straßenrand. Ich warf ihr einen Schlimmer-Finger-Blick zu, sie reagierte mit Dackelaugen; ich war sofort versöhnt.

Ich konnte es gar nicht abwarten, zum Auto zu kommen, denn ich wollte ihr in sicherer Entfernung von der Pension etwas mitteilen, zu dem mich ihre Einschätzung interessierte. Als wir auf Emilios Sitzen Platz genommen hatten und ich Wiener, Senf und eine halb vergessene Bierdose zwischen uns auf einem Holzbrett drapiert hatte, legte ich los.

»Als ich eben durchs Haus ging, begegnete mir kein einziger Gast. Ich hörte auch nichts aus den Zimmern, auch nicht auf den anderen Stockwerken. Komisch, oder? In den Restaurants können die Leute ja nicht sein, wo also sind sie?«

»Karla, jetzt fang bloß nicht an, einen Kriminalfall zu konstruieren. Worauf genau willst du denn hinaus? Dass die schwarze Dame hinterrücks Gäste meuchelt?«

»Ach – dir sind die schwarzen Klamotten also auch aufgefallen? Übrigens schleichen da noch zwei Männer durchs Haus, die ebenfalls schwarz tragen. Lauter düstere Gestalten ...«

»Na und? Schwarz ist doch nun wirklich keine ausgefallene Farbe für Kleidung, heutzutage. Und dass da noch Männer sind, finde ich auch nicht erstaunlich. Frau Kaiser renoviert bestimmt nicht alles allein.«

»Ja, aber – die Männer, die ›sind‹ da nicht einfach. Ich sage doch: die schleichen. Und sie tragen Kisten durch den Garten.«

122

»Werkzeug?«

»Ach verdammt, mit dir macht das Ermitteln keinen Spaß! Ich jedenfalls habe sicherheitshalber einen alten Detektiv-Trick angewandt und unsere Sachen in den Schrank gepackt. Vor die Tür habe ich einen dünnen Faden von meinem Schal geklemmt. Wenn der nachher weg ist, wissen wir, dass jemand in unseren Sachen gewühlt hat. Übrigens habe ich noch etwas Merkwürdiges entdeckt.«

Ich legte eine Kunstpause ein; Irene guckte jetzt ungeduldig-erwartungsvoll, ganz wie ich gehofft hatte. »Ich habe einen Blick in den Frühstücksraum geworfen. Und weißt du was? Da liegt eine dicke Staubschicht auf den Tischen.«

»Ja – wenn die renovieren? Wo gehobelt wird, fallen halt Späne ...« Doch Irene klang nicht so kraftvoll wie üblich, und selbst ihr Biss ins knackige Würstchen fiel halbherzig aus. Plötzlich hörte sie unvermittelt ganz auf zu kauen und deutete mit der halben Wiener in der Hand auf mich. »Irgendwas kam mir vorhin aber auch seltsam vor, ich kam nur die ganze Zeit nicht darauf, was es war.«

»Ist etwa was falsch an den Art-Déco-Möbeln? Kannst du sie als billige Reproduktion entlarven?«

Irene sah mich irritiert an. »Was? Quatsch, ich rede doch nicht von Möbeln. Weißt du noch, wir haben doch auf der Fahrt gerätselt, ob wir eine Kurabgabe zahlen müssen, und dann habe ich gegoogelt und herausgefunden, dass sie das ganze Jahr über erhoben wird.«

»Und dass wir eine Karte dafür kriegen, die wir immer bei uns tragen müssen«, ergänzte ich.

»Und nun hat Frau Kaiser die gar nicht berechnet.«

»Hm.« Ich nahm einen Schluck aus der Bierdose. »Das kann natürlich Zufall sein. Zum Beispiel, dass sie das immer morgens macht. Aber ich glaube eher: da stimmt was nicht!«

Wir kauten konzentriert weiter, jede hing ihren eigenen Mutmaßungen nach.

Doch dann wurde mir das Essen zu eintönig. »Was hältst du davon, wenn wir beim Silberblick-Bäcker noch eine Scheibe Brot organisieren? Vielleicht können wir ihn auch ein bisschen nach Frau Kaiser ausfragen.«

Unter normalen Umständen hätte Irene mir erneut mein ungehobeltes Wesen vorgeworfen, doch nun lenkte sie zu meiner Überraschung ein. »Wir könnten's ja mal versuchen ...«

Beschwingten Schrittes marschierte ich zu dem Friesenhaus, Irene ein wenig zögerlich neben mir her. Als wir vor dem Haus standen, aus dem gedämpft Gitarrenmusik und mehrstimmiger Gesang nach außen klang, verließ mich jedoch der Mut. Einfach zu klingeln, in dem Wissen, eine feiernde Gesellschaft zu stören, erschien mir dann doch zu dreist.

»Ich trau mich nicht«, sagte ich, und Irene nickte verständnisvoll.

Im dichten Buschwerk schräg neben uns raschelte es ungestüm; wir beide schraken zusammen wie ertappte Einbrecher.

»Noch etwas Brot, die Damen?«

Der wuschelköpfige Bäcker stand neben mir und lächelte unbestimmt wie gut getarnter Steinbutt. »Überraschung gelungen, was?«

Irene nickte, ich sagte: »Uns auch, oder?«

»Jepp«, schnappte er.

Irene richtete sich auf. »Und – lauern Sie hier immer potenziellen Gästen auf, um sie zu kapern?«

Er lachte. »Ich heiße Torben. Und ich lauere netten Leuten auf, um ihnen das Siezen auszutreiben.«

Ich dachte wieder ans Essen. »Wo wir schon mal hier sind – könnten wir nicht tatsächlich noch ein Scheibchen Brot bekommen? Wir stellen uns auch ganz uneigennützig als Beilagentester zur Verfügung. Heute sind Würstchen dran. Ach übrigens – Karla.« Ich streckte ihm die Hand hin. Er nahm sie und neigte sich, statt sie zu schütteln, zum Handkuss darüber.

»Irene«, sagte Irene und legte die Hand zackig an die rechte Stirnseite wie an eine Uniformmütze.

Torben nahm einen Eimer auf, den er neben sich abgestellt hatte. »Ich hatte eben den Müll rausgebracht. Jetzt habe ich noch in der Küche zu tun. Aber – wo wir uns nun duzen – könnt ihr gern mit reinkommen. Ich habe noch Brot. Und Matjes. Glaubt mir, der passt einfach besser dazu als Wurst.«

Torben nahm uns mit in die Küche, in der ein, wie Irene es später mir gegenüber nannte, kreatives Chaos herrschte. Aus der Ecke unter einer Schräge zog er zwei Klappstühle hervor. »Aufstellen, hinsetzen!«, sagte er. »Ich muss erst ein bisschen aufräumen, dann gibt's Essen für die Damen. Bis dahin nehmt erst mal 'n Köm.« Er sagte ›büschen‹ und schenkte uns einen umwerfenden Silberblick. Ich war froh, dass ich schon saß.

»Wir hätten da noch eine Frage«, sagte Irene, und ich fragte gleichzeitig: »Womit haben wir das verdient?«

»Ihr müsst nix verdienen, ich bin so, wenn ich Menschen mag«, murmelte Torben, während er Geschirr in eine Profi-Spülmaschine räumte. Dann sah er auf. »War das die Frage?«

»Äh – nicht ganz.« Irene lachte verhalten. »Wir würden gern Ihr – dein – Wissen über Frau Kaiser anzapfen.«

»Frau Kaiser? Welche denn? Ist die von der Hamburg-Mannheimer?«

»Nein, die von ›Haus Westwind‹ in der Parallelstraße.«

Torben guckte wie ein verwirrter Wittling.

»Na, die prachtvolle weiße Villa. Vielleicht 800 Meter von hier.« Irene deutete mit dem Arm in die angenommene Himmelsrichtung.

»Ach, du meinst die Villa mit dem Stuck. Das ist doch Frau Schneider, nicht Kaiser.«

»Aha.« Irene und ich sahen uns an.

»Noch'n Köm, bitte«, forderte ich. Torben schenkte nach.

»Was weißt du über die Frau?«, hakte Irene nach. »Figur? Frisur? Wie groß schätzt du sie? Trägt sie gern schwarz? Hat sie – «

»Moment, Moment mal.« Torben hatte die Spülmaschine angestellt und wischte den Tisch vor uns ab. Er hielt abrupt in der Bewegung inne. »Wollt ihr etwa sagen, in die Villa hätte euch jemand eingelassen? Frau Schneider ist im Urlaub, soweit ich weiß. Noch mal Luft schnappen, bevor die Saison beginnt.«

»Aber ... aber die sind doch am ... am Renovieren«, stotterte ich.

»Am Renovieren?« Torben stützte sich mit beiden Händen auf dem Tisch ab und sah mir unverwandt in die Augen. »Die haben voriges Jahr saniert. Grundsaniert. Ist alles perfekt, sagt man.«

Ich sah die aufgearbeitete Holztür vor dem inneren Auge. Ich dachte an die schwarze Dame. An die Männer mit der Kiste. An die fehlenden Gäste. Die Vorkasse. »Wir müssen die stoppen!«, rief ich.

Auch Irene hatte geschaltet. »Wie groß ist Frau Schneider?«, schrie sie Torben an, der düpiert zurückfuhr.

Er antwortete trotzdem. »Frau Schneider ist mittelgroß ... mitteldick ... mittelblond ...«

»Französisches Art Déco. Kunst. Verdammt! Die räumen das Haus aus!« Ich weiß nicht, ob es der Köm war oder der nur halb gefüllte Magen, jedenfalls durchtobte gleißende Energie mein Hirn, und ich hatte plötzlich keine Zweifel mehr daran, was in der Parallelstraße vor sich ging.

»Sind da in deiner geschlossenen Gesellschaft brauchbare Gestalten?«, bellte ich Torben an und packte ihn am aufgekrempelten Ärmel seines Fischerhemdes, was er widerstandslos geschehen ließ. »Wir müssen ausrücken. Alle zusammen. Gemeinsam sind wir unerbittlich!«

Irene schnappte sich die Flasche mit dem Aquavit, setzte sie kurzerhand an, blinzelte mir über den Flaschenrand zu, wisperte verschwörerisch »une vraie affaire criminelle«, was wahrscheinlich der Art-Déco-Ausdruck für »Wow, du hattest Recht mit deiner Vermutung« sein sollte, und zog ihre Ziegenlederjacke glatt.

Als wir uns vor der Haustür einfanden, standen dort – na ja, standen ist etwas beschönigend ausgedrückt – schlappe zwanzig Mann. »Melde gehorsamst – Polizeichor Ostseeflut.« Ein etwas beschwipster Mittsechziger salutierte. Wem eigentlich? Egal, ich übernahm das Kommando.

»Feind in Villa!«, intonierte ich auf Geratewohl. »Mir folgen!«

Aus Versehen führte ich die Mannschaft direkt zum Parkplatz von ›Haus Westwind‹. Gerade hatten wir uns dort aufgebaut und begannen, über mögliche Drohgebärden zu beraten, da stürmten drei dunkle Figuren von der Rückseite des Hauses auf die beiden grauen Transporter zu, die im entlegensten Winkel des Platzes ausharrten.

»Ja, das ist doch die schwarze Dame!« Der Mittsechziger von eben wirkte Knall auf Fall nüchtern. »Die Chefin der Antiquitäten-Gang. Dass ich das noch erleben darf!«

Ehe ›Frau Kaiser‹ es sich versah, schnappte der Polizeiveteran sie am Kragen. Seine rüstigen Chorbrüder umringten die beiden Männer, die ich vorhin aus dem Fenster beobachtet hatte.

Irene sah im Hausflur nach Spiegel, Garderobe und Lüster. »Alles weg!«, gellte ihr Ruf über den Hof.

Torben hatte die Küche inspiziert. »Seit Tagen nicht in Gebrauch«, meldete er.

Einer der Chorbrüder hatte geistesgegenwärtig die diensthabenden Beamten alarmiert.

»Die schwarze Bande habt ihr erwischt. Respekt«, sagte einer der Streifenpolizisten und klopfte dem Veteranen anerkennend auf die Schulter. »Die machen Ostholstein seit anderthalb Jahren unsicher.«

»Das verdanken wir diesen Ladys.« Der Mann, der gelobt worden war, gab die Anerkennung an uns weiter.

»Ich will einen der Spiegel als Belohnung«, meldete sich Irene zu Wort.

»Ich mag Bodenständiges lieber«, sagte ich, zog den Bauch ein und drehte mich so ins Straßenlampenlicht, dass von den Falten nur die Lachfältchen sichtbar blieben. Ich grinste Torben an, der etwas nuschelte, das wie »schlanker Hornhecht« klang und dabei so entwaffnend silbern blickte, dass mir alle Fischarten gleichlieb waren.

Untiefen

Sie ist nah am Wasser gebaut; manche sagen, zu nah.
Sie ist aufrecht und schön, dabei durchscheinend zart.
»Linette ist dünnhäutig!«, sagen die Leute und verkennen ihre Widerstandskraft. Umgehauen hat sie noch nichts und noch niemand.
Diese Kerle, die angerannt kommen, um zu stützen, zu schützen, die finden sie zum Weinen schön. Sie ist beim Weinen schön. Sie braucht diese Sorte Kerle nicht. Sie weint und ist stark.
Ihre Familie wütet zuweilen, bestrebt und zugleich davon überzeugt, Orkanböen zu entfachen, die Wirkung anrichten. Für Linette sind das Brisen im Wasserglas, doch das behält sie für sich. Sollen salzige Tröpfchen ihre Stärke vernebeln. Sollen die sie wanken wähnen, denn so sind sie: fest nur von sich selbst überzeugt.
Sie indes braucht die Beschützer nicht, hat deshalb mit den Kerlen gefremdelt. Doch es gibt auch Komplizen.
Sie weiß jetzt, was sie will.
»Linette hat sich garantiert in den Falschen verguckt!«, dröhnt der Vater und freut sich darauf, den Neuen beim Kennlernessen seiner Geringschätzung zu vergewissern.
Ihr kommen die Tränen, Tränen der Scham, nicht der Kleinmut.
»In deiner Agentur arbeiten nur Luschen!«, sagt die Schwester, deren eigener Ausflug ins Arbeitsleben nicht lang war. Von Beruf Papis Tochter. Linette lässt Tränen laufen. Ungerechtigkeit öffnet Schleusen und darf das.
Sie hat dicht am Wasser gebaut, sie braucht Wasser zum Leben. Wasser rauscht und fließt und schwemmt üblen Ballast aus: Scham, Ärger, Wut.
»Was wirkst du so elend!«, klagt unecht die Mutter, die vor Neid erblasst ist und nicht eingesteht, dass Linette, um fünf Kilo leichter, hinreißend aussieht.
»Das ganze Getue, die neue Frisur – dahinter steckt nur dieser nutzlose Kerl!«, krächzt der Vater, heiser vor Missgunst. »Wenn du keinen Anständigen anbringst, enterbe ich dich.«
Einen Anständigen wie die Schwester vielleicht. Der ist jung und schlank wie der Harung aus dem Lied, nennt sich Berater, trägt blasslila

Seidenhemd und strahlt aus jeder Pore, wenn er einen Betrieb zur feindlichen Übernahme frisch macht. Da hat er seine Freiheit. »Da müssen Köpfe rollen«, sagt der Schwager, »das ist der Deal.«

Köpfe rollen lassen, denkt Linette. Vielleicht einmal die richtigen?

In einem Wutmeer gibt es Untiefen. Manche sind so beschaffen, dass große Sehnsüchte darin zerfließen und ihren winzigen Kern freigeben, und es ist immer der gleiche: der Ruf nach Beachtung.

Es gibt auch die andere Art Untiefen, die, die zu ergründen niemand schafft.

Linette weiß nicht mehr, welche die ersten Tropfen in ihrem Wutmeer waren.

Waren es ihre Tränen, als der Vater der Lehrerin feixend verriet, für wen seine Tochter schwärmte? Natürlich hörten alle mit, genau wie geplant. Was, dieser Unscheinbare, der jetzt feuerrot wird? Na ja, spart die Signallampe, haha. Es war diese Absicht, sie tief zu blamieren, die sie erst erstarren und dann die Dämme brechen ließ.

Oder entstand das Meer schon viel eher, als die Eltern ihre Lieblingskindergärtnerin öffentlich beschuldigten, ihr Geld genommen zu haben? Linette weinte eine Woche lang, sie hatte den Eltern genau gesagt, welcher Strolch sie beklaute. Und nun war sie weg, ihre einzig Vertraute. Die viel zu weichherzig war und aus den Kindern Memmen machte. Laut Linettes Vater.

Sie gaben ihr harte Regeln, sie gab ihnen Tränen und trügerische Sicherheit.

Wer weint, widerspricht nicht, glaubt der Vater. Wer weint, ist beschäftigt.

Linette hat es mit dem Wasser; Wasser und sie, das gehört zusammen. Wasser schwemmt Ballast fort und überführt Wut in ein Meer; sie weint ihren Ballast weg und bleibt sich treu.

»Linette wird an den Kerlen scheitern!«, dröhnt donnernd der Vater, der desto lauter wird, je stärker sie bleibt.

»Sie hat kein Gespür, sie wird nie einen finden, der sich benehmen kann«, sagt die Mutter und zückt hechelnd das große Besteck. Nobles Kennlernessen, drei Gabeln links, zwei Löffel rechts, Ratlosigkeit, Messer und Dolch: Kein Mensch übersteht diese Art Abend ohne Mordfantasien.

Linette ist mit dem Wasser im Bunde, das gereicht ihr zum Vorteil. Menschen sehen den Wald vor lauter Bäumen nicht. Ihre Familie ahnt die Flutgefahr vor lauter Tropfen nicht. Überschwemmungen sind Katastrophen und immer auch Reinigung.

Vater und Schwester haben am selben Tag Geburtstag, sie werden zusammen 88, wenn das kein Ereignis ist!

»Siehst du alt aus, mein Schatz«, sagt die Mutter zu beiden, und der blasslila Schwager lässt Glas an Glas klirren, reicht zu Spitzen den Schampus.

Gebetene Gäste gratulieren, Claqueure, die klatschen. Die im Mittelpunkt schwelgen, keine Frage, kein Zweifel, Feierlaune kann man beim besten Willen herstellen.

Eine Seerundfahrt im Familienkreis ist gebucht: Man lässt staunende Gratulanten an Land zurück, spendiert ihnen Brötchen und Spielchen und ist sie los. Man muss sich nicht länger verstellen. Volle Kraft voraus!

»Oje, Linette-Mäuschen, immer noch solo?«

Wenn die vom Komplizen wüssten!

»Ach so schlank, so apart, und kein Lover parat.«

Zum Cocktail wird lässig dem Kellner gewinkt: Einen Seelentröster für die Dame, bitte. Um dann noch mal Anlauf zu nehmen.

»Du musst aufpassen, Mäuschen, Misserfolg zerstört die Ausstrahlung.«

»Bist auch nicht mehr die Jüngste.« Das, ausgerechnet, von der Schwester. Die glaubt wohl gut lachen zu haben mit ihrem Harung.

Die Stimmung steigt auf Normalnull-Niveau, Gegröle, Gejohle, eine Seefahrt, die ist lustig.

Der Vater, überzeugter Steuermann für alle Lebenslagen, macht Ansagen. »Hey Käpt'n, leg 'ne bezahlte Pause ein. Ich übernehm hier das Ruder, jetzt kommt Schwung in den Kahn!«

An Backbord gute Sicht auf die Nackten im See. Seht mal, da gibt's Holz vor den Hütten, hui. Da schau her, eine Venus im Schlauchboot, ob unsere Bugwelle sie kitzelt? Da heißt's gaffen und gackern und fantasieren. Soll sie schlucken, die Venus; wir spritzen, haha!

An Steuerbord drollige grüne Seezeichen, ach, Fahrrinnen, die sind für Feiglinge, mag der Käpt'n ein Schisser sein; heute sagen wir, wo's langgeht. Platz da für die mit den aufgekrempelten Ärmeln! Wär doch gelacht, wenn wir nicht selbst den Weg wählten: Ha!

Gestrudel, Getrudel, Gestoße, Gekreische, die Einsicht, zu spät.

Da sind die mit den gekrempelten Ärmeln und den forschen Sprüchen, und da sind die mit den Schwimmwesten, und das sind Linette und der Käpt'n. Der Rest der coolen Gang schluckt Wasser, nicht zu knapp.

Linettes Kerl ist in der Tat keiner mit Seidenhemd. Er trägt Grobstrickpullover, schiebt die Ärmel schnell hoch, wenn er Luft braucht.
Er weiß genau, was ein Plan ist. Damit Größenwahn nicht zufällig auf Fahrrinne trifft, müssen Boot und Stimmung in geeignete Gefilde überführt worden sein. Es gibt Untiefen, die erkennt er im Schlaf.
Wasser ist auch sein Element.
Ob Sehnsuchtssee, ob Wutmeer, ob Katharsis.

Dicker Fisch im Netz

Manche Leute beenden ihren Satz energisch mit ›Punkt‹. »Darüber diskutiere ich nicht. Punkt.«
Mein Nachbar sagt penetrant ›peng‹, wenn er etwas betonen will.
Bei mir heißt sowas ›pink!‹. *Du glaubst, ich geh mit dir essen und du kannst dir den Cocktail sparen? Abflug. Pink!*
Ich suche keinen Mann zum Kuscheln, für Strandspaziergang oder romantischen Kinoabend. Diese Sorte Männer muss ich nicht suchen. Die kommen angerannt, legen den Kopf schräg wie ein Hündchen beim Leckerli-Betteln und laden mich auf eine Weise ein, die gerade noch als zivilisiert durchgeht. Den einen oder anderen erhöre ich, mache ihn für einen Abend glücklich und mich in jeder Hinsicht satt, und wenn er sich die nächsten Tage an meiner Fake-Nummer die Finger wund telefoniert, ist er ein Trottel, der das Leben nicht verstanden hat.
Wer aussieht wie ich, schnippt bei Bedarf mit dem Finger. Pink!
Ja, meine Finger- und Fußnägel sind gepflegt und sorgfältig pink lackiert, was sonst. Meine Haare habe ich nach Marilyn-Style gerichtet, meine Kleider wähle ich ganz bewusst nicht eng, das würde sonst oversexed wirken; am besten, man lässt der Fantasie noch etwas Raum, jedenfalls vorgeblich; ich sorge schon dafür, dass sich die richtigen Kurven richtig abzeichnen.

Was ich suche, ist ein dicker, fetter Fisch. Er muss Geld angesetzt habe wie andere Leute Hüftgold, denn meine Interessen sind kostspielig.
Ich rede nicht von etwas Gewöhnlichem, von einem vorgefertigten, vermeintlichen Abenteuer wie Insel-Hopping auf den Seychellen. Dazu bin ich viel zu aktiv, zu individuell und zu neugierig. Die letzte Reise mit Graham, in der er mir die schönsten Orte Argentiniens zu Füßen legte, entsprach mir. Der Aufenthalt auf dieser entlegenen Bergfarm in den Anden wird mir für immer in Erinnerung bleiben: richtig guter Rotwein, spektakuläres Panorama, muskulöse Pferde, die mit irrer Leichtigkeit über die schmalen Pfade tänzelten, und Gastgeber, die unsere Bedürfnisse erahnten, bevor sie uns selbst so richtig bewusst waren.
Es war wirklich eine Tragödie, dass Graham das Geld ausging.

Graham war trotz seines Alters ein ansehnlicher Mann. Fast 30 Jahre älter als ich, doch – das habe ich von ihm gelernt – wer sein Äußeres in Schuss halten will, muss zuerst sein Innenleben umkrempeln, sonst klappt es nicht. All diese Jungs mit ihrem Hundeblick, die sich was auf die albernen schablonenhaften Konturen einbilden, die sie dir in der Muckibude verpassen, werden nie kapieren, was ich meine.

So wie Jean-Luc, mein erster Fang: schicker Typ, auch intelligent genug, das pralle Erbe seiner Mutter ordentlich zu verwalten, aber ohne wirkliche Extravaganz. Unerfahren wie ich war, dachte ich, der Dreiklang *Dom Perignon-Dubai-Paragliding*, den er mir bot, könnte mich flashen. Doch der Kick hielt nicht lange. Nach einem halben Jahr Sonnyboy-Mimik, lässiger Geldschein-Gestik und Überraschungen von der Stange schmeckte der Champagner flau, die Leute in Dubai wirkten genauso austauschbar wie in der Sylter Sansibar, und für die angepriesene Erhabenheit beim Paragliding fühlte ich mich auf Dauer zu jung. Jean-Luc war einer von denen, die Wert auf das Muskel-Sixpack überm Bauchnabel legen. Zu was Besonderem machte ihn das nicht. Ich kriege auf mein pinkes Fingerschnippen hin nicht nur jede Art von Sixpack geboten, sondern auch die weitere Ausstattung genau in dem Maß, wie es mir vorschwebt. Gähn! Nach sechseinhalb Monaten mit Jean-Luc träumte ich in einer lauen Nacht, dass er mir Blumen von der Tankstelle mitbrächte. Das war es dann.

Im Laufe der Zeit habe ich meine Erkundungstechnik erheblich verfeinert. Praktischer Weise kann ich das meiste vom Schreibtisch aus erledigen, und zwar während der Arbeitszeit. Wenn ich die Daten der Versicherungsnehmer in die Bestandsdatenbank eintippe, überprüfe ich flink und pink, zu welchen Konditionen die Luxusschlitten abgesichert sind. Es gibt verschiedenste Pakete, manche mit Rundum-Sorglos-Garantie, andere mit ausgeklügelten Risiken. Mein Chef ist Spezialist für KFZ-Versicherungen und hat sich kluger Weise auf die Klientel eingeschossen, die sich mehr als den S-Klasse-Standard leisten kann.

Ich habe mir bewusst eine Arbeit beim Versicherungsmakler gesucht, nicht etwa bei einer der Gesellschaften. Die Arbeit beim Makler hat nämlich den Vorteil, dass du nicht auf die Zielgruppe festgelegt bist, die auf die aktuelle Werbekampagne der Versicherung abfährt. ›Ein Kratzer kratzt mich nicht‹ oder ›Entscheid dich für die Beitragsbremse‹ oder ›Grüner wird's nicht« – wer auf solchen Dünnsinn anspringt, passt definitiv nicht in mein Raster.

Der zweite Vorteil beim Makler ist: Du kannst den Datenbestand nach diversen Kriterien checken. Wer den Oldtimer der Gesellschaft X anvertraut, hat die Wohngebäuderisiken vermutlich woanders abgesichert – jedenfalls, wenn er schlau ist. Und wer noch schlauer ist, hat seine hoffentlich vielfältigen Wohngebäude auch bei unterschiedlichen Gesellschaften versichert. Denn während die eine besser bei Flutschäden ausgleicht, ist die andere kulanter bei Steinschlag. Und so kriegst du beim Makler ohne großen Rechercheaufwand mit, wer ein Häuschen in den Bergen, eine Villa am Meer, ein Apartment in New York *und* einen 300 SL sein Eigen nennt.

Cedric war so einer. Mit SL in leuchtendem Aquamarin! Ich verliebte mich sofort in ihn, als ich mein geschickt eingefädeltes Parkplatzmanöver ausführte und Mann und Maschine das erste Mal live sah. Vorher hatte ich nach hartnäckiger Recherche herausgefunden, in welchem Hotel er zu dieser Sponsorenkonferenz absteigen würde. Das Kennzeichen des Wagens kannte ich aus dem Online-Versicherungsschein, ich brauchte also nur noch den Augenaufschlag zu üben. Cedric reagierte erstaunlich gelassen auf die Beule, das nahm mich sofort für ihn ein. Ich hatte mich allerdings auch in Acht genommen. Ich wollte ja nicht lange auf den ersten Ausflug in dem Schmuckstück warten. Es klappte wie vorgesehen; Cedric schwänzte die entscheidende Sponsorenabstimmung und unternahm mit mir eine Spritztour an die Küste. Das Meer leuchtete fast so türkis wie der Mercedes – eine Wasserfarbe, die an gewöhnlichen Tagen der Karibik vorbehalten ist.

Erst viele Ausflüge später wurde mir klar, dass Cedric in seinem Herzen ein Fuchs war, leider in der Ausprägung des Sparfuchses. Einer Angestellten wie mir erschließt sich das nicht sofort, denn all seine Hobbys, all seine Eskapaden sind in meiner Gehaltsklasse unerschwinglich. Doch es gibt reich – und es gibt spendabel. Das zweite folgt nicht zwangsläufig aus dem ersten. Cedrics Rosensträuße waren dreißigmal so teuer wie Tankstellen-Blumen, und doch waren es immer Schnäppchen. Das Spontane, Begeisterungsfähige, das Überschäumende, das ich so mag, äußert sich darin, dass man auch mal beim teuersten Händler kauft, weil er einem gerade vor die Augen tritt, oder, noch besser: dass es einen überhaupt nicht interessiert, ob es der teuerste Händler ist. Doch so tickte Cedric nicht. Irgendwann hätte er den Cocktail nach dem Essen nicht mehr spendiert. Schade um ihn ist es trotzdem. Das Dahingleiten in dem Traumauto war so cool wie im Film, und die passende Musik hatte er immer zur Hand.

Seitdem checke ich zusätzlich zu meinen bisherigen Kriterien die Versicherungspakete des potenziellen Kandidaten auf das, was ich den ›Esprit-Faktor‹ nenne. Damit meine ich zum einen: Er darf sich auf keinen Fall für das günstigste Angebot entscheiden. Wenn er sich schon eine Luxuskarre leistet, sollte er nicht an dem sparen, was versichert ist. Schließlich geht es nicht nur um ihn selbst, sondern auch um die Bedürfnisse seiner Beifahrerin! Welche Kosmetik-OPs sind im Zweifelsfall möglich? Das ist ganz und gar keine unwichtige Frage!
Andererseits sind mir auch die All-inclusive-Abschließer ein Dorn im Auge. So ein Sorglos-Paket ist nicht nur das Unoriginellste, was man buchen kann. Es zeigt auch, dass einer nicht wirklich mit Herzblut dabei ist, wenn es darum geht, die schönen Seiten des Lebens zu genießen. Man muss sich schon ein bisschen hineindenken in das, was man tun will. Vorsorge treffen und dann Vorfreude auskosten! Manche vom Leben Bevorzugten sind so oberflächlich, dass sie ihren Reichtum nicht verdient haben. Wie kann man so unsinnlich sein, nicht zu wissen, wie Genießen geht! Manche kommen mir vor, als arbeiteten sie den Schöne-Seiten-Katalog ab, ohne mitzukriegen, ob es Echtgold ist, was da glänzt, oder ein besprühtes Ikea-Regal. Ein bisschen so war Cedric, wenn auch sicher nicht einer der Krassesten. Man hatte ihm beigebracht, dass ein Mercedes 300 SL etwas Großartiges ist. Aber er hat es nicht gespürt.

Mein neuester Bestandsfund macht auch nach zusätzlicher Netz-Recherche einen vielversprechenden Eindruck. Roberto ist Erbe einer italienischen Inneneinrichtungskette, die er jetzt in Deutschland etabliert hat. Seine Wohnung mit Dachterrasse in München hat er aufgegeben; die Stadt, heißt es, macht ihn melancholisch, seit seine Frau sich in der Isar ertränkt hat. Er lebt derzeit in Hamburg. Die Höhe der Hausratversicherung für sein 170-Quadratmeter-Apartment in der Hafencity lässt keine Allerweltsausstattung erwarten. Auf Instagram interessiert er sich für Hashtags, die mit hochwertigen Antiquitäten zu tun haben, für Segelyachten und die Restaurierung von Überseekoffern. Er besitzt eine Villa in San Gimignano, ein Haus in der Bretagne, und zwar an der spektakulären Côte de Granit Rose, und er ist Hubschrauberpilot. Der Mann scheint Geschmack zu haben und ein Individualist zu sein. Perfekt für mich!

Meine Kusine, die den Vertrieb einer Hamburger Reinigungsfirma leitet, hat sich mir gegenüber offen für die Erledigung kleinerer und mittlerer privater Aufträge gezeigt, wenn daran kleinere und mittlere Geldzuweisungen geknüpft sind. Sie hat bereits Kontakt zu Roberto aufgenommen und ihr Unternehmen als Spezialfirma für die behutsame Reinigung kostbarer Inneneinrichtungen ins Spiel gebracht. Am kommenden Montag hat sie einen persönlichen Termin mit ihm. Ich werde sie begleiten. Das Wochenende wollen wir nutzen, um bei einem Schluck köstlichen Schaumweins die Details auszubaldowern.

Ich bin optimistisch, dass der Fisch diesmal sozusagen maßgefertigt ist. Genug Geld hat er, keine Frage. Geschmack hat er. Was er braucht, ist eine atemberaubende Frau mit Mut, Ideen und Tatkraft.

Was ich brauche, ist ein Mann für die längerfristige Perspektive. Denn dieses Schlussmachen strengt mich jedes Mal wahnsinnig an.

Bei Jean-Luc ergab sich alles noch recht unkompliziert: erst Dom Perignon, dann ab mit dem Gleitschirm bei riskanter Wetterlage. Grahams Unfall in den Anden jedoch hat mich eine Menge Nerven gekostet. Die Bergfarm-Familie tat geradezu so, als wäre ich schuld daran! Nur weil ich für den bewussten Morgen einen romantischen Ausritt in den Sonnenaufgang hinein geplant hatte – romantisch heißt: ohne Bergführer, versteht sich.

Sehr unerfreulich – und vor allem unappetitlich – war Cedrics Ende. Litt dieser sportliche Mann, der vor Gesundheit nur so zu strotzen schien, doch tatsächlich an so einer lästigen kleinen Nussallergie! Er versäumte es, sich bei unserem Picknick in der Sächsischen Schweiz nach dem Salatöl zu erkundigen, und langte ordentlich zu. Ich hatte schließlich nicht an seinen Lieblingszutaten Artischockenherzen und grünem Spargel gespart. Genießen konnte er die guten Dinge nicht mehr wirklich, denn der anaphylaktische Schock überfiel ihn rasant. Ich wusste kaum, wie mir geschah, es ging alles unglaublich schnell: Cedric begann mitleiderregend zu röcheln, krampfte kurz darauf und erbrach sich schließlich, was irgendwie mit dem Röcheln zusammen zum Ersticken führte. So erklärte es mir der Rettungssanitäter später – und besaß die Frechheit, mich im selben Atemzug zum Abendessen einzuladen. Was Frauen wie ich sich manchmal anhören müssen, ist unter aller Kanone.

Doch nun wird alles gut, ich spüre das. Gerade habe ich Roberto noch einmal auf Xing gecheckt. Jetzt blicke ich in einen fulminanten Sonnenuntergang und sehe überall ...

... pink!

Fluch der Familie

Viktoria wächst in einem gottverlassenen Dorf auf. Ihre Eltern erlauben ihr weder, Tante und Onkel in der Stadt zu besuchen, noch, ihre Freundin auf den Ponyhof zu begleiten.
Da entdeckt Viktoria **Pferde, die durchgehen** ...

Sylvie lacht nicht *ist ein undenkbarer Satz in Sylvanas Familie. Denn während ihre Schwester Nora als intelligent und patent gelobt wird, soll Sylvana mit dem blonden Lockenköpfchen zu allen Zumutungen nett lächeln.*

Oliver unterbricht einen Auftrag in Bangladesch, um der Bitte seines Onkels in Travemünde nach einem dringenden Gespräch nachzukommen. Da geschieht ein schreckliches Unglück, für das Oliver verantwortlich gemacht wird.
Um seine Unschuld zu beweisen, muss er lange zurückliegende Ereignisse ergründen. **Die Nacht des Heiligen Jürgen** *– was ist damals wirklich passiert?*

Pferde, die durchgehen

Viktoria wuchs in einem vergessenen Winkel des Landes auf, in einer Gegend, die nie jemand fotografierte, in einem Dorf, das kein Großstädter je für sich entdecken würde.

Hier gab es keine Gosse, in der sie landen konnte.

Sie war ein artiges Baby.

»Lautes Schreien ist Gift für die Stimmbänder«, sagte Mutti und gewöhnte es ihr ab. Sie hatte ihr ein Zimmer am Ende des Flurs eingerichtet, sodass alle Geräusche von langen Teppichbahnen geschluckt wurden, bevor sie im Wohnzimmer ankommen konnten. Viktoria lernte schnell, dass sie nichts ausrichtete, und verstummte.

Sie wurde ein braves Kind. Nie wäre es ihr eingefallen, Vati und Mutti zu widersprechen. Als Onkel und Tante sie übers Wochenende in die Stadt einluden, lehnte Vati gleich ab. »Die Stadt ist gefährlich«, erklärte er. »Da kommt man leicht unter die Räder.«

Viktoria wusste, dass da wahnwitzig viele Autos unterwegs waren, das sah man jeden Tag im Fernsehen. Aber Onkel und Tante konnten doch auf sie achtgeben, so wie auf ihre eigenen Kinder. Die wurden auch nicht überfahren.

»Man muss auf die Hornissen aufpassen!«, mahnte Mutti auf dem Weg ins Waldbad. »Ihre Stiche sind tödlich! Am besten, man zeigt nicht viel Haut.«

Ein Bikini kam nicht infrage. Mutti schenkte Viktoria den fliederfarbenen Badeanzug, den sie selbst vor vielen Jahren getragen hatte. »Du wirst sehen, der schützt dich.«

Viktoria lernte, hämische Blicke zu übersehen und gemeines Gekicher auszuhalten.

Am Anfang hatte sie zwei-, dreimal weinen müssen. Aber Mutti hatte sie ruhiggestellt. »Die anderen werden schon sehen, was sie davon haben, in so einem Fetzchen herumzulaufen. Das ist ja wie eine Einladung!«

»Für die Hornissen?«, fragte Viktoria verwirrt. Als Antwort erhielt sie ein Schnaufen.

Zu den Pferden durfte sie nicht, auch nicht zu den Ponys. Vati sah sie an, als hätte sie um einen Ausflug in den Löwenkäfig gebeten. Dabei wollte sie nur gemeinsam mit Jule ein bisschen reiten lernen. Jules Mutter redete sogar mit Vati, um ihm die Erlaubnis doch noch abzuringen. Es war schließlich ihr Bruder, der den Reitstall betrieb, der würde aufpassen, dass den beiden Mädchen nichts geschah.

Vati hatte Gegenargumente. »Wenn Pferde durchgehen, hält kein Mensch sie auf«, sagte er.

Nun konnte Viktoria noch weniger mit Jule zusammen sein. Jule war ihre beste Freundin.

Jule war ihre einzige Freundin. Vati wusste das.

Viktoria wuchs auf in einem Haus, zu dem kein nennenswerter Weg führte, in einer Landschaft, die man sah und vergaß, und sie begriff, sie durfte die Welt da draußen nur wie ein Bilderbuch betrachten, das man ihr vor der Nase zuklappte, wenn es interessant wurde.

»Man kann gar nicht genug aufpassen«, sagte Mutti.

»Das Böse ist überall«, sagte Vati.

Da saß sie fest – hinter engmaschigen Gittern, die zuverlässig Wespen aussperrten, Hornissen sowieso, und Schmetterlinge auch.

Mutti und Vati waren nicht wie andere. So wollten sie nicht sein.

»Wir sind keine gleichgültigen Eltern«, sagte Mutti. »Wir wollen das Beste für dich.«

»Beschwer dich nicht über uns«, sagte Vati, »sonst versündigst du dich gegen das vierte Gebot.«

»Was kümmern dich die Gebote«, flüsterte Viktoria.

Da warf Vati ihr einen Blick zu, als hätte sie Gott gelästert. Die nächste Nacht verbrachte sie im Keller, bei Asseln und Spinnen. Vati wusste, wie sehr sie sich ekelte. Sie musste doch nur folgsam sein, dann würde ihr das nicht wieder passieren.

Sie lernte Andi kennen, der nicht war wie andere. »Der picklige Loser«, sagten die Mitschülerinnen. Sie sahen sich Andis Blick gar nicht erst an, der tief war wie stilles Wasser.

Andi nahm sie mit in die Autowerkstatt. Er half seinem Vater, wenn der Geselle fehlte.

Zuerst bewunderte Viktoria nur feine Metallic-Lackierungen. Dann sah sie über Andis Schulter in den Motorraum, und schließlich erklärte er ihr, worauf es bei der Unterbodenverkleidung ankam. In kürzester Zeit erkannte sie Radaufhängung, Bremsleitung und Luftleitblech und wollte noch viel mehr wissen.

»Sie kapiert schnell«, sagte Andis Vater, »dein Mädchen«, und Andi widersprach nicht.

Viktoria zitterte. Sie war jemandes Mädchen.

»Woher kommt denn so plötzlich die Begeisterung für Technik?«, fragte Vati mit bohrendem Blick, und ihr schwante nichts Gutes.

»Der picklige Junge ist nichts für dich«, sagte Mutti. »Der will dich verführen.«

An diesem Nachmittag küsste Viktoria Andi. Er schmeckte bitter und stickig und dreckig und gut.

Dann verschwand Andi. Nicht aus der Schule, nur von ihrer Seite. Viktoria ging zur Werkstatt.

»Andi ist unterwegs«, sagte der Geselle.

»Er hat ein anderes Mädchen«, sagte Andis Vater und guckte weg.

»Hast du mit ihm gesprochen?«, fragte Mutti Vati, als Viktoria im Unterricht hätte sitzen sollen. Viktoria jedoch saß nebenan und hörte zu.

»Ich musste noch drei Hunderter drauflegen, dann war er einverstanden«, sagte Vati. »Er wollte das Geld in Andis Ausbildungskasse stecken.«

»Können wir uns auf ihn verlassen?«

»Ja, er weiß, was zu tun ist. Er muss nur dafür sorgen, dass die Enttäuschung groß genug ist, dann zieht sich der Junge zurück.«

»Also erzählt er ihm eine Gemeinheit?«

»Ja, etwas, das er schon mal mit Mädchen erlebt hat.«

Viktoria spürte die Pferde durchgehen, und sie hielt sie nicht zurück. Sie ließ die Zügel schießen und erschauerte vor dem, was da freigelassen werden wollte, denn das war eine blutrote Wut, und die nahm kein Ende, bis sie die konturlose Landschaft ausfüllte und an den Himmel reichte.

Mit Mutti und Vati nahm es ein böses Ende.

Da war was mit dem Bremspedal, als Vati drauftrat. Er trat und trat und schimpfte und richtete nichts aus. Das Auto war nicht mehr zu stoppen, zumal es auf dem Weg ins Tal schon ordentlich Fahrt aufgenommen hatte.

Viktoria!

Das war das letzte, was Mutti in ihrem Leben rief.

Sylvie lacht nicht

Sylvana stand da und lächelte nicht einmal.

»Freust du dich gar nicht, mich zu sehen?« Alexander sah ehrlich verblüfft aus.

Sylvana schwieg.

Er sah ihr direkt ins Gesicht; seine Brauen hoben sich zum Vorwurf; eine Geste so beredt, dass er nichts zu sagen brauchte.

Sie trafen sich vor der Ausfluggaststätte, in der die ganze Familie schon oft gelacht und gefeiert hatte. Das Essen dort sei besonders gut, fand Alexander, dafür lohne sich der beschwerliche Weg den Berg hinauf. Jetzt stand er wie versteinert und ging nicht hinein.

Sylvana ließ ihren Blick die Böschung hinab wandern, sie sah am Ende den Abgrund, sah darin einen Schlund, der sich öffnete, wie wenn jemand enthemmt lachte. Was für ein Ausblick!

Sie schmeckte Bitterkeit auf der Zunge. Sie hatte noch nie den Schlund geöffnet, bleckte nie die Zähne, man hatte ihr gleich mit der Muttermilchentwöhnung beigebracht, was höflich war. Ihr Lachen war nie enthemmt.

»Ich verstehe, dass du meinst, Fröhlichkeit wäre fehl am Platze.«

Alexanders Blick fühlte sich an, als würde er sich materialisieren, ihr Gesicht betasten. Als wolle er ihren Mund zur Fratze ziehen, zur Lachfratze. Alexander, der Wert darauf legte, dass sie ihn nicht Vater nannte.

›Ein süßer Fratz!‹, hatten alle, ob Verwandte, ob Nachbarn, entzückt ausgerufen und nie bemerkt, dass Sylvanas Augen nicht mitlachten. So einfach waren sie zu täuschen, die Menschen, wenn sie nicht so viel wissen wollten. Wenn sie nur Sylvie, nicht aber Sylvana kennen wollten.

»Aber für mich musst du dich nicht verstellen.« Entweder versuchte Alexander es auf die verständnisvolle Art, oder er hatte wirklich nichts gemerkt. »Bestimmt geht dir Noras Schicksal nahe, aber deshalb gleich diese Leichenbittermiene ziehen …«

Gute *Miene* zum bösen Spiel machen. Der Schmerz der Eifersucht ist *bitter*. Zu ›Leichen‹ kannte sie kein Sprichwort. Dafür nistete sich ein Bild in ihrem Kopf ein.

Natürlich ging es um Nora, wie auch nicht. Wenn stattdessen sie, Sylvana, in diese Lage geraten wäre, hätte man ihr die Schuld an der Trennung gegeben: *Nicht den ganzen Tag nur lachen, kleine Sylvie.* So nun auch wieder nicht. *Da fühlt sich ein Mann schnell mal nicht ernst genommen. Du darfst nicht alles weg-lachen.*

Nora, die früh Reife, die Feinsinnige, die Scharfsinnige – dagegen sah man in Sylvie nur zu bereitwillig das nette kleine Rotbäckchen, ein fröhliches Lämmchen, dem man wohlmeinend übers Lockenköpfchen strich.

Nur ein außergewöhnlich strahlendes Lächeln war Sylvanas Möglichkeit gewesen, aufzufallen und in Erinnerung zu bleiben. Um die Leute für sich einzunehmen, musste sie noch mehr aufbieten: ihnen aufmerksam zuhören, sich Vorlieben und Erlebnisse einprägen und sie im richtigen Moment mit den richtigen Worten parat haben. Wenn die Menschen mit ihr redeten, sprachen sie von sich.

Sylvana hatte an diesem Morgen ihr Spiegelbild angestarrt und fand es augenfällig, dass sie ihrem Gegenüber verstimmt und betrübt entgegenblickte.

Doch die Leute wollten nicht alles wissen. Von ihr nicht. Wenn sie wie eine Aufziehpuppe lachte, reichte es ihnen.

»Nun muss nicht gleich die ganze Familie Trübsal blasen.« Alexander, der sich gedankenlos am Mäuerchen abstützte, der Wegbegrenzung, blickte Sylvana erwartungsvoll an.

Sie lächelte immer noch nicht. Sie kannte seinen beschwichtigenden Ausdruck, diesen *Egal-wie-deine-Schulnoten-sind-du-bleibst-mein-Wonneproppen-*Tonfall. Sie hasste ihn.

Als wären ihre Leistungen nichts! Sie war die Kreisläuferin der Handballmannschaft. Sie strickte komplizierte Zopfmuster. Sie machte die beste Crème brûlée weit und breit. Doch was zählte das gegen Bestnoten in Abitur und Studium und ordentlich gebügelte Blusenkragen? Es war Nora, die Maßstäbe setzte. Nora gab vor, was wichtig war; Sylvana hatte dazu zu lächeln.

Wurde Nora gelobt, strahlte Sylvie aus Leibeskräften; gewann Sylvana einen Pokal, durfte Nora das kleinreden. Mutti und Alexander ließen, wenn Besuch kam, das Foto mit Sylvies stolzem Lächeln herumgehen; alle Welt fand das putzig.

Trübsal blasen brachte Alexander nicht in Einklang mit dem Bild seiner zweiten Tochter.

Sylvana hatte das Familienalbum durchstöbert und ihre Vermutung bestätigt gefunden. Ihr Gesicht war Grimasse. Neben ihrer reif und bedeutungsvoll blickenden Schwester war sie nichts weiter als die Anti-Nora. Mehr hatten sie nicht aus ihr werden lassen.

Auch wenn sie nicht die Zähne bleckte, so sprach doch ihr Blick vom Abgrund. Wer wollte, konnte das sehen.

Sylvie konnte mehr als nett dastehen.

Sie brauchte nur einen kleinen, behänden Schritt auf Alexander zuzugehen und ihn gegen die Brust zu stoßen.

Sie traf ihn unerwartet, die Kreisläuferin. Den Rest besorgte der Schlund am unteren Ende der Böschung.

Sylvana stand da und lachte nicht. Sie musste nicht einmal mehr lächeln.

Die Nacht des Heiligen Jürgen

Oliver fühlte sich in die Enge getrieben.

»Sie gehen also an der Promenade spazieren, plötzlich fliegen drei Schwäne auf, und mir nichts, dir nichts liegt Ihr Onkel im Wasser, ja?« Der Beamte, der ihn ›begleitet‹ hatte, wie er es nannte, sah ihm spöttisch ins Gesicht.

Oliver nickte vorsichtig. »Ja. Doch so, wie Sie es ausdrücken ...«

»So klingt es albern, oder? Und dass der ins Wasser gefallene Mann ausgerechnet Jürgen Kleinfeindt ist und damit ganz sicher Ihr Erbonkel, hört sich nicht wie Zufall an. Da dürften Sie mir wohl zustimmen.« Der Polizist kritzelte etwas auf einen winzigen Zettel.

»Was wollen Sie mir unterstellen?« Oliver fühlte sich fremd. In Bulgarien, Bolivien und Bangladesch hatte er seine Heimat aus tiefster Überzeugung als demokratisch, gerecht und transparent gepriesen, doch in diesem Moment fragte er sich, ob er den deutschen Alltag noch beurteilen konnte. Während der vergangenen zwölf Jahre hatte er Deutschland nur bei Stippvisiten erlebt. Dennoch war er davon überzeugt gewesen, die Anbindung durch Freundschaften, die er gewissenhaft pflegte, und durch die Social-Media-Kontakte nicht verloren zu haben. Doch was er gerade erlebte, passte nicht ins Bild.

»Ich unterstelle Ihnen gar nichts. Ich zähle nur eins und eins zusammen.« Der Polizist presste seine Lippen zu einem schmalen Strich aufeinander.

»Und das ergibt summa summarum einen Schuldigen, wie?« Olivers Stimme war der Sarkasmus anzuhören.

»Allerdings!«, donnerte der Beamte. »Sie haben Ihren Onkel Jürgen Kleinfeindt, der sich in seinem Rollstuhl nicht wehren konnte, ins Wasser gestoßen. An einem stürmischen Tag an der See, ohne Zuschauer. Hinterrücks und ohne Gnade. Und das meinen Sie, gegenüber einem ungebildeten Polizisten wie mir mit gelehrten Worten verschleiern zu können.«

Oliver schluckte. »Sie beschuldigen mich des ... des ...« Ihm fehlten die Worte.

Der Polizist schob ihn voran, indem er ihn am Ellenbogen vorwärts drückte. Sie näherten sich der Polizeistation im Moorredder.

»Hey. Hallo. Hallo?!« Die Frau, die gestenreich versuchte, die Aufmerksamkeit des Polizisten auf sich zu lenken, betonte das letzte ›Hallo‹ auf der zweiten Silbe. *Hall-ooooh!* Oliver schüttelte sich unwillkürlich. Er fand die Aussprache affektiert, musste an den gekünstelten Singsang in amerikanischen Fernsehserien denken.

Der Polizist drehte sich brüsk um. »Was wollen Sie?«

Auch Oliver sah direkt zu der Frau hin. Er erkannte sie: Sie war eine Pflegerin aus dem Heim seines Onkels.

»Ich ... ich dachte, das wäre wichtig.« Jetzt, da beide Männer sie musterten, wirkte die Frau befangen, eine magere Brünette unbestimmten Alters, die schulterlangen Haare zu einem schütteren Zopf zusammengefasst. Sie streckte dem Polizisten eine Klarsichthülle entgegen, die handschriftlich beschriebene Blätter enthielt.

»Er hat nämlich viel von Ihnen gehalten«, wandte sie sich an Oliver. Ihre Stimme wurde mit jedem Wort leiser, zuletzt flüsterte sie nur noch. »Er hat sich wahnsinnig auf Ihren Besuch gefreut. Kein Wunder ...«

»Kein Wunder – was?!« Der Polizist sprach laut, deutlich und zackig.

Die Pflegerin zuckte leicht zusammen, dann straffte sie nach einer kurzen Bedenkpause den Rücken und hob den Kopf an. »Kein Wunder, weil er ja hier im Ort nur noch verspottet wurde ...«

»Verspottet? Sie sind wohl nicht von hier, was?« Der Polizist maß sie mit abschätzigem Blick. »Er war hier in Travemünde der *Heilige Jürgen.*«

Die Frau sah den Beamten groß an.

Der Polizist schnaubte. »St. Jürgen war er. Der Ritter, der das Ungeheuer besiegt.«

Die Pflegerin bewegte sacht den Kopf nach rechts und links. »Das war er, ich weiß. Ist 'ne Zeitlang her.« Sie drehte sich um, stakste von dannen und warf alle paar Meter einen unschlüssigen Blick über die Schulter.

Sie hatten die Polizeistation betreten. Der Polizist belehrte Oliver in leierndem Sprechgesang über seine Rechte – Worte, die vorbeirauschten wie ein Windstoß im Halbschlaf. Dann durchblätterte der Beamte hastig die Zettel aus der Klarsichthülle. »Hui«, machte er und pfiff durch die Zähne. »Holla. Die Frau hat Recht.«

»Wenn Sie mich netterweise einweihen ...«

»Ja doch, ja doch. Die Dame hat was entdeckt. Das hat es in sich!«

Oliver biss die Zähne aufeinander, sah zu Boden, um seinen grimmigen Gesichtsausdruck zu verbergen.

Der Polizist feixte. »Der ach so besorgte Neffe, der dem lieben Erbonkel mal eben klarmacht, wie die Vollmacht zu lauten hat.« Er blätterte, sich künstlich räuspernd, die beschrifteten Seiten mit dem Daumen auf wie einen Stapel Spielkarten. »Und dabei kommt rein zufällig eine Generalvollmacht heraus. Unterzeichnet am Vormittag des Tages, an dem der Onkel stirbt.« Er hob die Brauen, sah Oliver direkt ins Gesicht.

Oliver musste gegen seinen Willen zwinkern. Der scharfe Blick des Polizisten machte ihn nervös. »Mein Onkel hat mich dringlich gebeten zu kommen. Ich habe extra meinen Job in Bangladesch abgebrochen.«

»Oh, Bangladesch.« Wieder ahmte der Beamte Olivers Sprechweise nach. »Das war sicher ein Höhepunkt der werten Karriere.«

»Sehr geehrter Herr ...« Oliver las das Namensschild, »Stuhr. Es mag ja angehen, dass meine Tätigkeit als Deutschlehrer am Goethe-Institut Sie amüsiert. Doch ich denke, dies steht hier nicht zur Debatte. Und Tatsache ist, dass ich auf die Bitte meines Onkels hin hierher gereist bin. Und ich beabsichtige keineswegs –«

»Was Sie beabsichtigen oder nicht, darüber können Sie bald einen ganzen Roman schreiben ...«

»Wie reden Sie denn mit mir!« Oliver wurde die Luft knapp. »Ich habe mir nichts zu Schulden kommen lassen! Ich schob meinen Onkel im Rollstuhl die Strandpromenade entlang ...«

»Und plötzlich war der Onkel tot. Ihnen ist vielleicht unser Rechtssystem nicht ganz präsent«, erwiderte Stuhr mit süffisantem Grinsen. »Schließlich haben Sie Ihre Zeit in ganz anderen ...«, er hüstelte, »... Gesellschaftsformen zugebracht.«

»Ja, aber ich kenne meine ...« Olivers Gesicht war rot angelaufen, er redete zu schnell und verschluckte sich beim Wort *Rechte*. Er hustete.

»Keine Angst«, Stuhr richtete sich auf, »selbstverständlich gilt bei uns der Grundsatz *in dubio pro reo*.«

Oliver redete wie in Trance. *»In dubio pro reo – Im Zweifel für den Angeklagten*. Soll das heißen, ich bin angeklagt? So schnell geht das ja wohl nicht ...?« Er begann zu zittern.

»Immer langsam mit den jungen Pferden.« Ein klobiger Mann mit rundem Gesicht hatte den Raum betreten. »Kollege Stuhr geht jetzt in den wohlverdienten Feierabend. Ich übernehme.«

Oliver war wie paralysiert. Er bekam weder mit, wie Stuhr abzog, noch, wie die Dunkelheit hereinbrach. Er hätte nicht einmal sagen können, wer von den beiden Männern ihn in die Arrestzelle gesteckt hatte.

Er werde am nächsten Tag dem Haftrichter vorgeführt, und der entscheide dann über die Anordnung von Untersuchungshaft, hatte der Rundgesichtige erklärt.

Vor seinen Auslandsaufenthalten hatte man ihn stets auf die Besonderheiten und Tücken des jeweiligen Landes vorbereitet. Vor dem Arbeitsantritt in Bolivien war er ausführlich auf die beiden parallel geltenden Rechtssysteme eingestimmt worden. Für die intransparente Rechtsprechung in Bulgarien hatte man ihm eindrucksvolle Beispiele genannt. Und über den Einfluss der wirtschaftlichen Elite auf Bangladeschs Rechtssystem hätte Oliver aus dem Stegreif einen Vortrag halten können. Über die Bedingungen der vorläufigen Festnahme in Deutschland jedoch wusste er so gut wie nichts. Hätte ein übereifriger Beamter wie Stuhr ihn aufgefordert, sein Smartphone abzugeben, hätte er es getan. Doch der diensthabende Polizist war von der unaufgeregten Sorte.

Nach kurzer Zeit kündigte er den Besuch einer Bekannten an. Zu Olivers Überraschung erschien die Pflegerin mit dem schütteren Zopf.

»Ich dachte, Sie haben ja jetzt niemanden mehr«, sagte sie und sah an ihm vorbei an die Wand. In der Hand hielt sie seine Reisetasche. »Darum habe ich Ihnen ein paar Sachen aus Ihrem Besucherzimmer zusammengesucht. Und das hier.« Mit den letzten Worten reichte sie ihm ein dünnes, verschlissenes Heftchen mit blauem Pappeinband. ›Ostseelieder‹ stand in verblasster Frakturschrift auf dem Titel. »Da können Sie das mit den Schwänen nachlesen.«

Oliver fuhr hoch. »Das mit den Schwänen?«

»Na, er hatte doch Angst vor Schwänen am Mövenstein. Ich dachte, darum ging's ...« Sie drehte sich um, als sich der diensthabende Polizist näherte, und begann den Rückzug anzutreten.

»Halt, bleiben Sie doch!« Oliver hatte sich von seiner Pritsche erhoben. »Bitte!«

»Tut mir leid«, sagte der Beamte, an ihn gewandt. »Sie dürfen nicht länger miteinander sprechen. Wenn Sie noch jemanden benachrichtigen möchten, sagen Sie es der Dame jetzt.« Er zögerte. »Zum Beispiel einen Anwalt.«

Die Pflegerin nickte Oliver zu. »Ich spreche mit der Chefin. Die kennt bestimmt einen.«

Als die Frau gegangen war, lugte sein Bewacher behutsam um die Ecke. »Stuhr erwähnte vorhin Schwäne, und die Pflegerin jetzt auch ...« Er sah Oliver erwartungsvoll an.

Oliver schwieg. Vor seinem inneren Auge sah er die Szene, wie der Onkel im Rollstuhl hektisch gestikuliert hatte, als die großen Vögel zum Flug ansetzten, kräftig mit den Flügeln schlugen und begannen, übers Wasser zu laufen. Er hatte den Onkel ignoriert, hatte sein Smartphone gezückt und war ein paar Schritte voraus gegangen, um eine bessere Fotoposition zu erlangen. Er hatte sogar ein Video gedreht, weil er die Fluggeräusche trotz der lauten Brandung so eindrucksvoll fand. Jetzt mochte er nicht einmal die Vorschau des Filmchens abrufen. Im Nachhinein wirkte der Onkel verzweifelt, sogar panisch.

Nachdem er ein an Pappmaché erinnerndes Käsebrot und dazu einen Kräutertee heruntergewürgt hatte – der Onkel hatte für diesen Abend einen Tisch im besten Fischrestaurant reserviert und gebratenen Dorsch in Aussicht gestellt, »dazu einen frischen Grauburgunder« – nahm Oliver das Heft mit dem blauen Deckblatt zur Hand. Ihm war klar geworden, dass er hier die Nacht würde verbringen müssen, und er fragte sich kurz und ergebnislos, wieso er für diese Erkenntnis so lange gebraucht hatte.

Auszug aus: Emanuel Geibel, Werke, Band 2, Leipzig und Wien 1918 stand auf der Innenseite. Oliver fühlte sich in seine Schulzeit zurückversetzt. Seine Deutschlehrerin im altehrwürdigen Lübecker Katharineum hatte den Ehrgeiz besessen, ihre Schüler mit den Schriftstellerinnen und Dichtern ihrer Heimatstadt vertraut zu machen, und deshalb hatten sie weit mehr gelesen als zwei, drei Werke der Gebrüder Mann und Grass' *Blechtrommel*. Ida Boy-Ed mit ihrem einflussreichen literarischen Salon fiel Oliver ein, Amalie Evers, die drastisch die Zeit der französischen Besatzung schilderte, Erich Mühsams politische Schriften und Hans Blumenbergs philosophische Auseinandersetzung mit Metaphern. Und natürlich der Romantiker Geibel.

In blauer Nacht bei Vollmondschein
Was rauscht und singt so süße?
Drei Nixen sitzen am Möwenstein
Und baden die weißen Füße.

Es hat der blonde Fischerknab'
Gehört das Singen und Rauschen,
Ihm brennt das Herz, er schleicht hinab,
Die Feien zu belauschen.

Da sausen empor im Mondenlicht
Drei weiße wilde Schwäne –
Das Wasser spritzt ihm ins Gesicht,
Verklungen sind die Töne.

Oliver legte das Heft zur Seite. Er war ratlos. Was nur verband Jürgen Kleinfeindt, den erfolgreichen Geschäftsmann, mit dieser Literatur? Er konnte sich seinen Onkel als Sammler moderner Kunstwerke vorstellen, jedenfalls wenn sie ansehnliche Wertsteigerung versprachen. Auch wusste er, dass Jürgen klassische Musik mochte und das Lübecker Brahmsfestival finanziell unterstützt hatte. Doch die Verse eines aus der Mode gekommenen Dichters?

Er las die Zeilen noch einmal, diesmal abstrahierte er von Reim und Versmaß und konzentrierte sich auf den Inhalt. Nixen, Schwäne am Möwenstein. *Schwäne am Möwenstein.* Selbst die Pflegerin schien zu wissen, dass der Onkel eine Art von Interesse daran gehabt hatte. Was das wohl bedeutete? War die Szene seinem Onkel unheimlich gewesen?

Als Germanist und Absolvent des Katharineums kannte er die Romane Thomas Manns leidlich gut. Eine Schlüsselszene in Tony Buddenbrooks Leben spielte am Möwenstein: Dort gesteht Tony dem Sohn des Lotsenkommandanten, Morten Schwarzkopf, ihre Liebe und verspricht ihm, den Heiratsantrag des reichen Hamburger Kaufmanns Grünlich zurückzuweisen. Ein Ausbruch aus der elterlichen Planung scheint für eine kurze, verzweifelt hoffnungsvolle Phase ihres Lebens möglich – bis sie gezwungen wird, die arrangierte Ehe einzugehen.

Möwenstein – Schicksalsstein?

Oliver fragte sich, wonach der Stein benannt war. Nach den allgegenwärtigen Raubvögeln? Das kam ihm zu banal, zu naheliegend vor. Er erinnerte sich nebulös an eine Erklärtafel an der Strandpromenade, deren Text er allerdings nicht gelesen hatte. Vielleicht konnte er das nachholen! Er zückte sein Smartphone und dankte im Stillen dem Diensthabenden, dass er es ihm nicht abgenommen hatte. Sogar der Internetempfang war einwandfrei.

Der Möwenstein – auch Mövenstein – war ein Naturdenkmal. Ein Riese namens Möves hatte ihn der Sage nach ins Wasser geworfen. Oliver fand mehrere Berichte darüber, dass der Travemünder Heimatverein den dicken Findling hatte bergen wollen, schließlich jedoch aus Kostengründen davon Abstand genommen hatte. War sein Onkel Mitglied des Vereins? Er fand keinen Hinweis darauf, konnte es sich aber gut vorstellen.

Inzwischen – es war mondlose, neblige Nacht geworden, ohne dass Oliver das wusste – hatte die Idee von ihm Besitz ergriffen, dass die Geschichte dieses Steins die Erklärung für die tragische Wendung des Nachmittags barg.

Wie besessen tippte und klickte er weiter. Er suchte nach einer Verbindung zwischen Möves und Schwänen, fand jedoch keine. Unzufrieden überflog er die Teaser zu den Suchergebnissen, *Travemünde Möwenstein, Mövenstein*, Eintrag um Eintrag um Eintrag. ›Heimatverein‹ – ›Riese Möves‹ – ›Tony Buddenbrook‹ lautete der sich wiederholende Dreiklang.

Oliver stutzte. Das Foto da hatte er noch nicht gesehen! Es zeigte ein Metallschild mit einer merkwürdigen Gravur: Ein stark behaartes Monster mit scharfen Tatzen lümmelte auf dem ausladenden Mövenstein, der sich dramatisch aus dem Wasser erhob. Darunter stand die Zeile ›Da ragt er auf noch am heutigen Tag, umplätschert vom gläsernen Wellenschlag‹ und – kaum leserlich – ein Name, Carl Budich. Budich? Sagte ihm nichts. Er musste telefonieren!

Oliver hatte Glück, er erreichte die Pflegerin auf Anhieb, und sie hörte ihm aufmerksam zu. Dann brauchte sie nur kurz zu überlegen. »Ja, da sind noch mehr Texte. Bücher, jede Menge dicke Wälzer, die wollte ich vorhin nicht einpacken.«

Er fragte: »Wissen Sie noch, was da auf dem Titel steht?«

Kurze Pause. Schnaufen. »Warten Sie. Ich habe die Nachtschicht für eine kranke Kollegin übernommen, deshalb bin ich hier. Musste nur eben die Treppe hoch.« Kurzes Räuspern. »Ich sehe nach.«

Oliver wartete gespannt.

»Thomas Mann, Buddenbrooks. Lübsche Geschichten. Travemünder Sagen und Legenden.« Schicksalsergebenes Seufzen. »Und nochmal Buddenbrooks.«

»Tun Sie mir einen ganz großen Gefallen«, bat Oliver, »und packen Sie mir etwas zusammen. Die Lübecker und die Travemünder Sagen.«

Als der diensthabende Polizist wiederauftauchte – ausgerechnet ›Schwarzkopf‹ stand auf dem Namensschild, das Oliver erst jetzt wahrnahm und sich fragte, ob der Mann Morten mit Vornamen hieß –, hatte er eine Getränkedose in der Hand. »Bierchen?«

Oliver machte große Augen.

»Ist eine Spende, können Sie ruhig annehmen.«

»Kann ich gebrauchen, ehrlich gesagt.« Oliver zögerte dennoch, bevor er die Hand ausstreckte.

»Nun kommen Sie schon. Nicht alle Polizisten sind wie Stuhr.«

Oliver zwinkerte nervös. »Und nicht alle Germanisten sind weltfremd. Was interessiert Sie an mir?«

Rundgesicht Schwarzkopf hüstelte. »Meine Frau kennt Ihren Onkel ... hat ihn gekannt.«

»Ich wünschte, das könnte ich auch sagen.«

»Eben.«

»Wie bitte?«

»Vielleicht hilft Ihnen das, was meine Frau weiß.«

Bevor Schwarzkopf weiter ausholen konnte, kündigte die schrille Türglocke Besuch an. Wenige Minuten später kam der Polizist mit zwei Büchern zurück. »Hat einer für Sie abgegeben. Ein Bote vom Heim.«

Er wollte sich eben auf dem vor das Gitter gezogenen Kiefernholzstuhl niederlassen, da schellte die Glocke der Eingangstür erneut. Schwarzkopf verdrehte die Augen und stapfte über den Flur davon.

Oliver hatte einen Moment gewartet, ob sein Gesprächspartner zurückkehren würde. Geistesabwesend hatte er den ersten Schluck, dann den nächsten und den übernächsten aus der Bierdose genommen – »Holsten knallt am dollsten« hatten sie damals gesagt und sich abgeklärte Blicke zugeworfen, wenn sie nachmittags auf dem Schulhof des Katharineums am Bier nippten und zur Bushaltestelle in der Königsstraße lugten, wo die hippsten Mädels zufällig wieder einmal den 31er verpasst hatten.

Oliver sah das Buch mit den Travemünder Legenden offen vor sich, ohne es bewusst aufgeschlagen zu haben. ›... umplätschert vom gläsernen Wellenschlag‹ – er stockte. ›Travemünder Ballade‹, las er jetzt bewusst, übertragen von der niederdeutschen Ballaad ›Roggenbuuk‹ von *Carl Budich*.

Der Roggenbuk, natürlich! Der grausame, grünhaarige Wassermann, der sich in einen Drachen verwandeln konnte und schließlich vom Heiligen Jürgen, dem gottesfürchtigen Ritter, zur Strecke gebracht wurde.

Und Jubel umbrandet Sankt Jürgen, den Retter.
Der sprengt schon davon wie Sturmwind und Wetter.
Sie senkten den Drachen mitten hinein
in die Siechenbucht, da ward er zu Stein.

...da ward er zu Stein, das war die andere Geschichte des Mövensteins! Ein besiegtes Monster hatten sie ins Meer geworfen, wo es erstarrt war. Zu einem ganz besonderen Stein, den man nicht vergaß, der über die Jahre und Jahrzehnte verehrt wurde, den Dichter besangen; an dem sich zu Geibels Zeiten Nixen ein Stelldichein gaben.

Na klar! Oliver erinnerte sich zunehmend deutlich daran, wie der Onkel einmal in den Sommerferien Sagen erzählt und vorgelesen hatte – die vom Roggenbuk besonders gern. Sie hatten darüber gelacht und gestaunt, dass der Ritter und der Onkel denselben Namen trugen. Sie hatten sich ausgemalt, wie lang wohl der Speer gewesen sein mochte, den der tapfere Jürgen in das Ungetüm gestoßen hatte. Besaß so eine Bestie überhaupt ein Herz?

Durch Olivers Kopf waberten Bilder eines anderen Sommers und eines ungelenken Drachen, dem er selbst als Kind angesehen hatte, dass er aus mehreren unter langen Stoffbahnen verborgenen Menschen bestand. Deshalb hatten ihn nicht einmal die wirre grüne Mähne und der scharfe Rauchgestank schrecken können. Doch um die Erwachsenen nicht zu enttäuschen, hatte er ordentlich gezuckt, wenn das vermeintliche Ungetüm in seiner Nähe aufgetaucht war. Beim *Travemünder Sommerfestival* war das gewesen, einer Kombination aus Budenzauber und Lichterfest, anlässlich dessen auch die *Sage vom Heiligen Jürgen* aufgeführt wurde.

Sein Onkel Jürgen spielte den Heiligen! Er hatte ihn, im Gegensatz zum Drachen, wirklich beeindruckt. Er kam auf einem echten Pferd angaloppiert. Oliver erinnerte sich deutlich an einen kraftstrotzenden Apfelschimmel. Jürgen trug einen golden glitzernden Umhang über der ansonsten strahlend-weißen, eng anliegenden Kleidung und schwang kampflustig eine lange Lanze. An deren vorderem Ende war ein Wimpel befestigt, der das Lübsche Wappen, den Doppeladler, und ein markantes schwarzes Kreuz auf weißem Grund zeigte.

»Ja, ja, der Heilige Jürgen.«
Schwarzkopfs volltönende Stimme riss Oliver aus seinen Gedanken. Er musste sich vergewissern: »Wird er hier wirklich so genannt?«

»Ja, wirklich.«

»Dann hat Ihr Kollege Stuhr Recht. Das hat er nämlich auch gesagt. Es klang richtig ehrfürchtig.«

»Klar. Stuhr ist im Heimatverein. Und Jürgen Kleinfeindt, Ihr Onkel, hat jede Menge Aktivitäten von denen gesponsert. Sommerfestival, Pressearbeit, Vereinsheim.«

»Dann bezieht sich das ›Heilig‹ gar nicht auf seine Rolle im Sommertheater, sondern auf seine Großzügigkeit?«

»Na, das schließt sich doch nicht aus, oder?« Schwarzkopf kniff die Augen zusammen. »Meine Frau sagt, der Mann ist ein Marketing-As.«

»Das klingt nicht so, als hätte sie ihn für heilig gehalten.«

»Hat sie auch nicht.«

Oliver hatte sich an das Gitter zwischen ihnen beinah gewöhnt. Er zuckte überrascht, als er mit der Hand dagegen stieß. »Hätten Sie noch ein ... Bier ... für mich?«

Die Türglocke rief den Diensthabenden erneut zurück.

Wenige Atemzüge später erschien eine hochgewachsene, knochige Frau mittleren Alters in Olivers Sichtfeld.

»Susanne Schwarzkopf«, stellte sie sich vor und reichte Oliver eine neue Dose durch die Gitterstäbe.

»Mein Mann sagt, ich kenne Ihren Onkel besser als Sie selbst.« Sie zögerte. »Kannte.«

»Ich war lange im Ausland«, sagte Oliver. »Aber als ich Kind war, haben wir ihn jeden Sommer besucht.«

Die Frau räusperte sich umständlich. »Sie haben ihn vielleicht anders in Erinnerung – etwas idealisiert.«

Oliver setzte die Bierdose ab und rüttelte an den massiven Gitterstäben. »Diese Andeutungen machen mich wahnsinnig! Stuhr findet ihn unantastbar, die Pflegerin zweifelt das an, Sie vermuten, dass ich ihn gar nicht richtig kenne. Was steckt dahinter? Was muss ich wissen?«

Susanne Schwarzkopf wiegte den Kopf von rechts nach links.

»Verdammt!« Oliver stieß mit der Stirn gegen die Stäbe. »Das ist kein Spaß! Mir droht Untersuchungshaft! Auch wenn ich dazu käme wie ... wie die Jungfrau zum Kind! Ich muss den Tatsachen ins Auge sehen. Helfen Sie mir, bitte!«

Seine Besucherin zuckte zusammen. »... wie die Jungfrau zum Kinde ...«

»Warum betonen Sie das? Hat mein Onkel etwa ... eine Jungfrau verführt ...?« Oliver hatte sich in Rage geredet, doch nun stellte er erschrocken fest, was er da eben gesagt hatte. Onkel Jürgen ... ein junges Mädchen ... plötzlich tauchte ein Bild in seiner Erinnerung auf von einem lauen Sommerabend, einer spontanen Party am Strand. Jürgen hatte Likör spendiert, klebriges Zeug, Oliver schüttelte sich. Er selbst, halbwüchsig, hatte seinen Onkel locker gefunden, unkonventionell, nicht so spießig wie die anderen aus der Generation seiner Eltern. Er hatte es genossen, Kleinfeindt, den erfolgreichen Unternehmer, auf nächtlichem Streifzug begleiten zu können, alle Fünfe gerade sein zu lassen, die Situation zu genießen ohne halbstündigen elterlichen Appell ans Verantwortungsbewusstsein. Jürgen Kleinfeindt hatte gewusst, wie Genießen geht; er, Selfmademan, gutaussehend, sportlich, forsch, der Traum mancher schlafloser Nacht.

Als Oliver aufblickte, sah er den Blick der Polizistenfrau auf sich gerichtet, aufmerksam, nachdenklich. Wie lange mochte sie ihn schon fixiert haben?

»Ihr Onkel«, sagte sie, sanft, »hat gern junge, hübsche Frauen um sich geschart. Auch in der Theatergruppe beim Sommerfestival.«

Oliver wischte sich über die Augen. »Was wissen Sie darüber?«

»Ich weiß, dass man ihm kaum einen Wunsch ausschlagen mochte. Er war großzügiger Sponsor des Festivals.«

»Aber er hat doch viele Sachen finanziell unterstützt, Konzerte, Lesungen ...?«

Susanne Schwarzkopf räusperte sich wieder. »Er hat immer gesagt ›Ich bin Lokalpatriot und befürworte alle Aktivitäten, die meine Heimatstadt nach vorne bringen‹.« Sie machte eine kurze Pause. »Er hat sich als Sponsor feiern lassen, aber natürlich hat er selbst mit seiner Werbetechnikfirma auch profitiert. Plakate, Aufdrucke, Litfaßsäulenwerbung. Und auch persönlich war das nicht schlecht für ihn.«

Oliver erinnerte sich an ein Zeitungsinterview, in dem der Onkel als Schwiegermuttertraum dargestellt wurde. *Der sympathische Junggeselle wartet noch auf die Richtige.*

»Was hat er verbrochen? Hat er was verbrochen?« Oliver sah der Frau gegenüber ins Gesicht. »Bitte. Ich muss es wissen.«

Sie musterte ihn nachdenklich.

»Bitte sagen Sie es mir«, wiederholte Oliver. »Ich muss die Zusammenhänge kennen.«

»Man weiß es ja nicht so genau«, sagte Susanne Schwarzkopf zögerlich. »Ich meine, es ist nichts bewiesen. Es sind Gerüchte. Und selbst wenn sie stimmen, ist das kein Verbrechen ... so gesehen.«

Oliver hatte unbewusst mit jeder Hand einen Gitterstab umklammert. Er starrte die Polizistenfrau an.

Sie nahm sich ein Herz. »Also – es ist eine Art offenes Geheimnis, dass der ›Heilige Jürgen‹ mit den jungen Darstellerinnen die eine oder andere Nacht verbracht hat.« Sie sah ihn schräg an. »Es waren ausgerechnet die Jungfrauenopfer in der Roggenbuk-Sage. Die Sage kennen Sie?«

»So in etwa.« Oliver nickte, er war jetzt trotz der nachtschlafenden Zeit hellwach. »Jedes Jahr zu Mittsommer muss dem Roggenbuk eine Jungfrau geopfert werden, damit er aufhört, die Fischer zu töten. Doch eines Tages taucht der Ritter Jürgen auf, befreit das ausersehene Mädchen und besiegt das Ungeheuer.«

»Genau. Und die Jungfrau wurde beim Sommerfestival immer von einem besonders hübschen Mädchen gespielt. Man wollte eben viele Zuschauer anlocken.«

»Und diese Mädchen haben sich die ... Annäherungsversuche meines Onkels gefallen lassen? Einfach so?«

»Ach, keine Ahnung, was fragen Sie mich das!« Susanne Schwarzkopf machte eine ärgerliche Geste. »Man munkelt, Ihr Onkel habe auch mal ein großzügiges Geschenk springen lassen, wenn nötig. Womöglich sogar ein Geldgeschenk.«

»Er hat sich ihr Schweigen erkauft.« Oliver fragte nicht, es war eine Feststellung.

Seine Besucherin sah in forschend an. »Das wussten Sie nicht?«

»Nein, was glauben Sie denn! Meinen Sie, mein Onkel wäre damit hausieren gegangen?«

»Bei einem der Mädchen hat das Schweigen nichts genützt«, fuhr Susanne Schwarzkopf fort. »Denn irgendwann sah man ihr trotz der weiten Kleider, die sie plötzlich trug, die Veränderung an. Die arme Tabea. Ihr Elternhaus war katholisch und stockkonservativ.«

»O Gott!« Oliver schlug die Hände vors Gesicht. »Aber mein Onkel hat sie doch nicht im Stich gelassen, oder? Das kann ich mir nicht vorstellen. So ist er nicht!« Nach kurzem Stutzen berichtigte er sich: »So war er nicht.«

»Mag sein.« Susanne Schwarzkopf sah nicht überzeugt aus. »Er selbst hat es womöglich erst mitgekriegt, als es zu spät war. Denn Tabea hat sich versteckt. Für sie war es eine Schmach, große Schmach. Wie verzweifelt sie war, wurde allen erst klar, als sie geborgen wurde.«

»Geborgen?« Oliver ahnte, was das bedeutete. »Mein Gott.«

»Ja, sie ist ins Wasser gegangen.«

»... und kein Heiliger Jürgen hat sie gerettet«, vollendete Oliver den Satz. In ihm kochten Fragen hoch, doch als er aufblickte, um sie zu stellen, war seine Besucherin verschwunden.

Er besann sich des angefangenen Biers und nahm einen Schluck. Es schmeckte schal, obwohl sich die Dose noch kühl und frisch anfühlte.

Oliver wusste nicht, wie lange er stumpf, ergebnislos sinniert hatte, als er Blicke auf sich spürte.

Sören Schwarzkopf, der Diensthabende, saß auf dem Holzstuhl jenseits des Gitters.

»Ich habe den Unfall aufgenommen«, sagte er.

Oliver musste einen Moment überlegen. »Sie meinen, als mein Onkel angefahren wurde?«

»Ja.« Schwarzkopf hielt einen Moment inne. »Das war schrecklich. Der Fahrer war mein Neffe.«

»Was genau ist passiert?« Oliver hatte von der Leiterin des Pflegeheims erfahren, dass Jürgen Kleinfeindt nach seinem Krankenhausaufenthalt direkt in ihre Einrichtung überwiesen worden war. Nach dem Autounfall blieb er am Unterkörper querschnittsgelähmt. Da er vor Ort keine Verwandten hatte, hatte man Oliver in Bangladesch benachrichtigt.

Sein Onkel selbst hatte nur unzusammenhängend von Möwen und Drachen und Rache gestammelt.

»Tja – was genau ist passiert? Laut meinem Neffen tauchte die Gestalt des Mannes plötzlich auf der Straße auf, und er konnte nicht mehr bremsen. Es war dunkel und neblig ... Spökenkiekerwetter. Natürlich war niemand sonst unterwegs, der irgendwas bezeugen konnte.«

»Spökenkieker ...«, murmelte Oliver und dachte an wilde Schwäne und behaarte Wassermänner. »Ihr hier an der Küste seid mir ein bisschen zu abergläubisch.«

»Na, na, na.« Schwarzkopf hatte sich aufgerichtet. »Mal keine Verallgemeinerungen, bitte.« Er fuhr sich mit beiden Händen über den Kopf. »Ihr Onkel allerdings ...«

»Ja?!« Oliver wischte sich erneut über die Augen, bemerkte dies aber ebenso wenig wie die Tatsache, dass sein Körper nach und nach zusammengesackt war. Es ging auf zwei Uhr nachts zu.

»Ihr Onkel wurde in letzter Zeit nur noch ›der seltsame Heilige‹ genannt. Es hieß, er ging nicht mehr in die Nähe des Mövensteins. Er war ganz bestimmt ein Spökenkieker.«

»Ach! Aber Ihr Kollege Stuhr hat vorhin ...«

»Stuhr.« Schwarzkopf machte eine wegwerfende Handbewegung. »Der hatte einen Narren an Kleinfeindt gefressen. Vielleicht auch deshalb, weil sein Sohn in seiner Werbetechnikfirma Karriere gemacht hat. Wer weiß ...« Schwarzkopf wirkte plötzlich nachdenklich. »Allerdings hat Stuhr einmal einen Überfall von Jugendlichen auf Ihren Onkel protokolliert. Lassen Sie mich überlegen ...«

Oliver streckte dem Polizisten anklagend die halbleere Bierdose entgegen. »Mag nicht mehr. Hätten Sie Wasser? Oder Kaffee?«

»Na gut. Kaffee kann ich selbst gebrauchen. Muss noch etwas durchhalten.« Schwarzkopf verschwand brummend. Die Bierdose hatte er auf dem Boden vor dem Gitter abgestellt, so, dass sie sich noch in Olivers Reichweite befand.

Als der Polizist zurückkehrte, sah er über eine abgegriffene silberfarbene Thermoskanne hinweg triumphierend zu Oliver. »Hab's gefunden.«

Oliver gähnte.

»Stuhr hat vor zwei Jahren einen Überfall auf Jürgen Kleinfeindt aufgenommen. Abends, nach Einbruch der Dunkelheit. Raten Sie mal, wo.«

Oliver gähnte erneut. »Mööööövenstein.«

»Exakt. Die Jugendlichen sollen vom Yachtclub gekommen sein, da hatte eine Feier stattgefunden. Vereinsmeisterehrung oder so etwas in der Art. Die drei waren wohl nicht bedacht worden, frustriert und auf Krawall gebürstet.«

Oliver unterdrückte diesmal das Gähnen.

Der Polizist schenkte Kaffee in blau-weiße Becker mit Ankeremblem. »Interessiert Sie das, oder nicht?«

Oliver trank mehrere Schlucke Kaffee, dann sah er auf. »Warum tun Sie das für mich?«

Sören Schwarzkopf verschluckte sich am Kaffee. »Waru...?«, hustete er. Er patschte mit der rechten Hand unbeholfen gegen das Gitter. »Warum? Haben Sie das echt noch nicht begriffen? Ich will Ihnen helfen.«

»Aber warum?!«

Schwarzkopf hustete ausgiebig, bevor seine Stimme wieder klar wurde. »Warum, warum. Na, weil ich Sie für unschuldig halte, warum denn sonst?«

»Aber Ihr Kollege Stuhr tut das nicht.«

»Stuhr ist verbohrt. Und er singt nicht im Männerchor.«

»Wie bitte?«

»Im Männerchor singt man nicht nur. Man singt auch ...« Schwarzkopf lachte heiser. »Sie verstehen.«

»Durchaus nicht.« Oliver spürte die Wirkung des Koffeins. Er setzte sich kerzengerade auf.

»Na, man ... tauscht da auch Neuigkeiten aus. Was im Ort so rumgeht.«

»Verdammt.« Oliver begann, mit den Fingern die schmale Platte des Tischleins zu bearbeiten, das neben der Pritsche stand. »Sie wollen mir helfen? Dann sprechen Sie doch bitte nicht in Rätseln!«

»Okay. Schon gut. Einer im Männerchor ist der Psychotherapeut, der versucht hat, Ihren Onkel zu behandeln.«

»Was heißt denn: ›versucht‹?«

»Ihr Onkel wollte letztendlich keine Therapie. Obwohl er sie gebraucht hätte. Laut Lars, äh, ich meine: Herrn Fischbeck.«

»Also«, Oliver konzentrierte sich, »das heißt, ein gewisser Lars Fischbeck hätte meinen Onkel in Therapie genommen, wenn der es gewollt hätte. Doch das war nicht der Fall. Dennoch hat es offenbar Gespräche gegeben, in denen Jürgen diesem Fischbeck sehr private Dinge anvertraut hat. Richtig?«

»Richtig.« Der Polizist schüttelte sich wie ein nasser Hund, der mit dem Trocknen auch zur Besinnung kommen wollte. »Doch Details weiß ich natürlich nicht. Ich könnte aber versuchen ...«

»Versuchen Sie bitte, diesen Therapeuten heranzuschaffen«, unterbrach Oliver, eindringlich. »Und zwar, bevor ich dem Untersuchungsrichter vorgeführt werde.«

Oliver fühlte sich zerschossen, als er geweckt wurde. »Besu-huch«, kündigte eine forsche Polizistin mit sauber gescheiteltem Bubikopf an. Es war sechs Uhr.

»Lars Fischbeck mein Name«, schnarrte der athletische Mann mit rotblondem Lockenkranz um die Halbglatze. »Mein Chorbruder Sören bat mich ...«

Oliver massierte sich die Schläfen. »Sie sind der Therapeut meines Onkels?«

»Na ja, fast.« Der Mann maß ihn mit runden blauen Augen. »Ich hab's versucht, ja.«

Mit verzweifeltem Schwung setzte sich Oliver auf. »Was heißt das?«

»Der Klient muss zustimmen, sonst gibt es keine Therapie. In unserem Fall gab es nur Vorgespräche. Wundert Sie das?«

»Ich habe meinen Onkel ein paar Jahre nicht gesehen. War im Ausland, weit weg. Ich kenne ihn als Lebemann.« Der Begriff war Oliver eben eingefallen, zugefallen. Eigentlich hatte er sagen wollen ›als lebenslustigen Mann‹. »Und jetzt war er so ein Wrack.«

Lars Fischbeck nickte. »Eines mal vorweg, ja? Ich unterliege grundsätzlich der Schweigepflicht. Nur der dringliche Appell meines Chorbruders hat mich dazu bewegt, mit Ihnen zu reden, ja?«

»Ja.« Oliver meinte die Antwort nicht sarkastisch; er ahmte den Therapeuten eher unbewusst nach.

»Ihnen sagt der Name Tabea was, ja?«

»Das ist die Frau, die mein Onkel geschwängert hat?«

»Na ja, Frau. Eher Mädchen.«

»Ich wusste das nicht, ich habe erst vor ein paar Stunden davon erfahren.«

»Ich weiß nicht, wie Sie über Ihren Onkel denken, ja? Jedenfalls ist er nicht so oberflächlich, wie die Leute hier in Travemünde annehmen. Er hat ehrlich gelitten unter dem, was ihm ... widerfahren ist.«

»Sie meinen, dass er das Mädchen verführt hat?« Oliver straffte den Rücken. »Da kann man wohl kaum von ›widerfahren‹ reden. Widerfahren ist das höchstens dem Mädchen.«

Der Psychologe blickte durch Oliver hindurch. »Wissen Sie denn, wie er es erfahren hat?«

»Na, ich denke, die ganze Stadt hat es Tabea angesehen.«

»O nein.« Fischbeck faltete die Hände über dem Bauch, eine unbewusste Geste. »Tabea hat sich und ihre Schwangerschaft verborgen, und sie hat Ihrem Onkel kein Sterbenswörtchen gesagt.«

»Sterbenswörtchen.« Oliver räusperte sich. Der Germanist in ihm hatte sofort das ›Sterben‹ bemerkt und im Zusammenhang mit dem, was er wusste, zynisch interpretiert.

Fischbeck sah ihn geradeheraus an. »Sie sollten wissen, wie Jürgen Kleinfeindt von Tabeas Schwangerschaft erfahren hat, ja? Sie brachte sich um, als er mit ihrer Nachfolgerin – sozusagen – an der Strandpromenade entlang flanierte. Er erfuhr es am Morgen danach.«

»Moment.« In Olivers Kopf wirbelten Strudel. »Mein Onkel verführt die nächste Jungfrau, während die vorige Selbstmord begeht?«

Der Psychologe sah ihn an. »So war es.«

Oliver raufte sich die Haare. »Pervers.«

»Ja. Und davon hat er sich nicht mehr erholt.«

»Ich kann das nicht nachvollziehen, was Sie behaupten. Ich war wie gesagt mehrere Jahre im Ausland ...«

»Ihr Onkel war von diesem Tag an ein anderer. Er gab das Schauspiel-Hobby auf. Magerte ab. Wurde schreckhaft. Er mied den Mövenstein. Und wenn er doch einmal dorthin kam, passierte etwas Unheimliches. Einmal flogen drei Schwäne davon, ein vierter griff ihn hart an. Er musste mit den Verletzungen sogar ins Krankenhaus. Beim nächsten Mal wurde er von drei Jugendlichen zusammengeschlagen und ausgeraubt. Dann wieder hörte er unheimliche klagende Töne, wie das Schreien gequälter Kinder. Seine Begleiterin meinte allerdings, das seien rollige Katzen gewesen.«

»Klingt arg nach Schuldgefühlen, finden Sie nicht?«, sagte Oliver.

»Möglicherweise.« Der Therapeut wiegte den Kopf. »Doch ich möchte von einer endgültigen Diagnose Abstand nehmen, denn er ließ sich wie erwähnt nicht auf eine Therapie ein.«

Oliver sperrte die Augen auf. »Und so wollen Sie mir helfen?«

»Was ich auf jeden Fall beitragen kann, ist, dass Jürgen Kleinfeindt eine panische Angst vor Schwänen entwickelt hat. Und gar die Konstellation Schwäne am Mövenstein – das war das Schlimmste, was ihm widerfahren konnte.«

Oliver blieb am ›Widerfahren‹ hängen. *Onkel Jürgen, du warst kein Heiliger*, dachte er. *Für Tabea warst du der Roggenbuk im Rittergewand.*

Die kriminaltechnische Untersuchung ergab keinerlei Hinweise auf Hämatome, die nicht auch vom Sturz Jürgen Kleinfeindts über die Brüstung der Uferpromenade hätten herrühren können. Auch konnte die Position des umgekippten Rollstuhls eine Selbsttötungsabsicht nicht widerlegen.

Der Haftrichter setzte den Vollzug des Befehls zur Untersuchungshaft aus. Er zog allerdings Olivers Reisepass ein und erteilte ihm die Auflage, sich täglich um zehn Uhr in der Polizeistation Travemünde zu melden.

Als Oliver sich am übernächsten Tag dazu durchringen konnte, das Video von den auffliegenden Schwänen anzusehen, fiel ihm eine gegen den

Wind gebückte Gestalt auf, die vom Grünstrand aus Richtung Steilküste hastete. Sie musste den Onkel und ihn überholt haben, ohne dass er es bemerkt hatte. Eine Frau. Lindgrüner Anorak mit Kapuze, blaue Jeans; das einzig Auffällige an ihr waren die violett-orange-gestreiften Gummistiefel.

Oliver bat, einer Eingebung folgend, Susanne Schwarzkopf um ein Treffen. Sie sagte zu, ihn am Nachmittag zu besuchen. Er zeigte das Video. Sie zögerte keine Sekunde. »Theresa«, sagte sie. »Tabeas Mutter. Die hat solche Stiefel.«

Als Oliver sich auf den Weg in die Polizeistation machte, um sich auflagengemäß zu melden und um Sören Schwarzkopf das Video zu zeigen, dachte er an die Gestalt mit den Gummistiefeln. Sie wurde vor seinem inneren Auge lebendig, kämpfte gegen das Wetter, duckte sich, floh. Oliver sah nicht einen grünen Anorak; er sah ein weites, weißes Gewand sich im Wind blähen.

Die Dämmerung brach herein. Auf dem hellen Sandstrand zeichneten sich überdeutlich die von der See herbeigespülten Algen ab. Grünes, wirres Geflecht, unruhig, wand sich, bewegte sich, wurde bewegt, als wollte irgendjemand irgendwem irgendetwas mitteilen.

Anmerkungen

1. In der Polizeistation Travemünde gibt es zwar tatsächlich eine (äußerst selten gebrauchte) Arrestzelle, doch sie ist nicht, wie in dieser Geschichte, mit Gittern abgetrennt, sondern wird mit einer modernen, massiven Tür mit Guckloch verschlossen. In acht Jahren waren dort nur zwei Häftlinge untergebracht. Ein Bier bekamen sie allerdings nicht angeboten.

2. Das ›Travemünder Sommerfestival‹ gibt es bisher nur in dieser Geschichte.

3. Von der Sage vom Wasserungeheuer Roggenbuk gibt es verschiedene Versionen, da sie hauptsächlich mündlich und durch Liedtexte weitergegeben wurde. Der Kern ist folgender:
Der Roggenbuk, ein Wassermann mit grüner Mähne, der sich in einen Drachen verwandeln konnte, trieb sein Unwesen in Travemünde. Er lockte mit seinem Harfenspiel Fischerboote an, tötete die Menschen und baute aus ihren Knochen seine Musikinstrumente.
Kein Schiff wollte Travemünde mehr anlaufen, und die heimischen Fischer trauten sich nicht mehr auf See. Deshalb machte man mit dem Roggenbuk einen Handel: Er würde die Menschen in Ruhe lassen, wenn ihm jedes Jahr am Johannistag eine schöne Jungfrau geopfert würde.
Eines Tages stürmte, kurz bevor das Mädchen geopfert wurde, der Ritter St. Jürgen heran und tötete den Drachen. Dieser stürzte ins Wasser und wurde zu Stein – dem Mövenstein, wie eine Ballade von Carl Budich erzählt.

Abbildungsverzeichnis

Schwarze Tulpen .... S. 11

Lost Place .... S. 39

Fingerhut (Digitalis) .... S. 51

Verlies .... S. 63

Schwarze Sonne .... S. 77

Schmelzlicht .... S. 89

Pentagramm .... S. 115

Verlassener Ort .... S. 141

Meerwesen .... S. 171

Autorin & Fotograf

Karla Letterman, ausgebildete Journalistin und Diplom-Informatikerin, stammt aus dem Harz und lebt nach Stationen in Göttingen und Hamburg seit 2017 in Lübeck.

Sie veröffentlichte drei Kriminalromane um den Ermittler Alois Aisner und seinen Stiefsohn Eagle-Eye, bevor sie anlässlich eines Wettbewerbs mit dem Schreiben von Kurzgeschichten begann.

Karla Letterman ist Mitglied im *Syndikat*, dem Verein für deutschsprachige Kriminalliteratur, sowie in der *GEDOK Schleswig-Holstein*, der Gemeinschaft der Künstlerinnen und Kunstförderer e.V.

karla-letterman.de

Thomas Schmitt-Schech stammt aus Franken, seine Wahlheimat jedoch ist Norddeutschland.

Er arbeitete als Kulissenbauer beim Film, bevor er beschloss, sein Hobby zum Beruf zu machen. Werbe- und Schulfotografie waren Stationen auf seinem Weg in die Selbstständigkeit als Businessfotograf und schließlich zur Kunst.

Schmitt-Schech lebt und arbeitet seit 2017 in Lübeck. Er ist Mitglied der *Gemeinschaft Lübecker Künstler* und des *Defacto Art e.V.* und bestückt Einzel- sowie Sammelausstellungen im norddeutschen Raum.

lichtblick-fotokompass.de